D1440417

El mandato del jeque
OLIVIA GATES

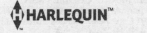

HARLEQUIN™

Editado por HARLEQUIN IBÉRICA, S.A.
Núñez de Balboa, 56
28001 Madrid

I.S.B.N.: 978-84-687-2756-1
Depósito legal: M-2648-2013
Editor responsable: Luis Pugni
Fotomecánica: M.T. Color & Diseño, S.L. Las Rozas (Madrid)
Impresión en Black print CPI (Barcelona)
Fecha impresión para Argentina: 28.10.13
Distribuidor exclusivo para España: LOGISTA
Distribuidor para México: CODIPLYRSA
Distribuidores para Argentina: interior, BERTRAN, S.A.C. Vélez
Sársfield, 1950. Cap. Fed./ Buenos Aires y Gran Buenos Aires,
VACCARO SÁNCHEZ y Cía, S.A.

Capítulo Uno

Veintisiete meses atrás

–De modo que esta vez te has salido con la tuya.

Jalal Aal Shalaan estaba en la puerta de un opulento salón, en una de las mansiones más fabulosas de los Hampton, en la costa Este de los Estados Unidos, donde había sido recibido durante años como el más estimado y querido de los invitados. Pero había pensado que nunca volvería a poner el pie allí por culpa de la mujer que estaba de espaldas a él. La mujer que era en aquel momento la señora de la casa.

Lujayn Morgan, su examante.

Estaba revisando el correo frente a una antigua consola de mármol cuando lo vio a través del espejo y, después de dar un respingo, se había quedado inmóvil.

También Jalal estaba tenso, los puños apretados. No había querido mostrar hostilidad o ninguna otra emoción… de hecho, creía que no le quedaba ninguna. Había ido allí por una sola razón: para verla sin el deseo que lo había cegado mientras mantenían una aventura. Estaba allí para cerrar el círculo, algo que ella le había robado cuando se marchó de su vida, dejándolo atónito, furioso y buscando una explicación.

Creía haberse recuperado durante esos dos años, matando sus sentimientos hasta que no quedaba más que curiosidad y cierta aversión, pero se había engañado a sí mismo. Lo que sentía por Lujayn seguía siendo poderoso.

Él siempre se mostraba ante los demás como alguien despreocupado y sin sentimientos. Era en parte su naturaleza, en parte un modo de defenderse. Tener a Sondoss, la notoria reina de Zohayd, por madre; y a Haidar, el enigma que lo había atormentado desde la infancia, como hermano gemelo, hacía que estuviese perpetuamente a la defensiva. Ellos eran los únicos que lo hacían perder el control.

Y entonces había aparecido Lujayn, que seguía afectándolo como nadie… aunque aún no se había dado la vuelta.

Pero entonces lo hizo.

El oxígeno escapó de sus pulmones, su corazón latió al galope. Su belleza siempre lo había hipnotizado. Sus genes árabes e irlandeses conspiraban para crear lo mejor de los dos mundos.

Cuando lo dejó, las casas de moda competían para que luciera sus prendas con su delicada y elegante figura y las empresas de cosméticos querían su inolvidable rostro, de ojos únicos.

Pero durante su aventura había perdido mucho peso y lo había enfadado que esa obsesión por avanzar en su carrera como modelo no le permitiese ver la realidad: que estaba haciéndose daño para obtener una perfección que ya poseía.

Pero la mujer demacrada que era al final de su aventura había desaparecido y, en su lugar, estaba mirando el paradigma de la salud y la feminidad, con unas curvas que ni siquiera un severo traje negro podía disimular. Unas curvas que excitarían a cualquier hombre.

El matrimonio le había sentado bien, pensó. Se había casado con un hombre al que Jalal había considerado amigo una vez. Un hombre que había muerto dos años después de la boda. Un hombre al que él acababa de acusarla de haber matado.

Lujayn inclinó la cabeza, el movimiento destacó su cuello de cisne.

Aunque intentaba mostrar una frialdad que no sentía, sus pupilas grises, tan plateadas como el significado de su nombre en árabe, creaban la ilusión de emitir chispas de luz.

–No es que me sorprenda, claro –le dijo–. Has conseguido engañar a todo el mundo, incluso a mí. No debería sorprenderme que ni los más avezados neoyorquinos pudieran competir con tu astucia.

–¿Qué haces aquí?

Su voz, que había sido una vez una caricia apasionada, sonaba oscura, llena de ecos.

–¿Cómo has llegado aquí?

Jalal se detuvo a un metro de ella, aunque hubiese querido acercarse más, mucho más. Como cuando eran amantes, cuando ella siempre estaba dispuesta, impetuosa, tempestuosa…

Maldiciendo en silencio, Jalal metió las manos en los bolsillos del pantalón para disimular.

–Tu ama de llaves me ha dejado entrar.

Ella sacudió la cabeza, como si la respuesta le pareciese ridícula.

–La has intimidado, como es tu costumbre.

Algo se encogió dentro de Jalal. En el pasado, Lujayn lo había hecho creer que podría caminar sobre el agua, pero en aquel momento parecía pensar lo peor de él.

¿Pero por qué lo disgustaba eso? Había aceptado tiempo atrás que el cariño de Lujayn había sido una farsa, una que no había querido mantener cuando sospechó que no conseguiría su propósito. Pero él no quiso verlo hasta que fue demasiado tarde.

Había querido creer que lo dejaba por el estrés de su competitivo trabajo y por lo dominante que se mostraba con ella. Aunque había pensado que las fricciones entre los dos animaban su incendiaria relación y que Lujayn disfrutaba de ello hasta el punto de instigar esas fricciones.

Se había engañado a sí mismo de tal modo que cuando rompió con él se había quedado estupefacto.

Pero después de dos años diseccionando el pasado, Jalal lo veía todo con claridad. Había querido cerrar los ojos para mantener la ilusión porque no podía vivir sin la pasión de Lujayn. O eso había pensado.

Ella irguió su casi metro ochenta, mirándolo con gesto hostil.

–Puede que hayas asustado a Zahyad, pero a mí no vas a asustarme. Vete por donde has venido o llamaré a seguridad. O mejor aún, a la policía.

Jalal no hizo caso de la amenaza, le ardía la sangre; era un ardor que Lujayn podía crear con una sola mirada, un gesto.

–¿Y qué vas a decirles? ¿Que tu ama de llaves me ha dejado entrar sin consultarte?

En otra ocasión habría recomendado que el ama de llaves fuese amonestada por su comportamiento, pero por el momento se alegraba de que hubiera actuado como lo había hecho.

–Zahyad les dirá que no la he intimidado en absoluto. Habiendo sido compañera de tu madre, era natural que me dejase pasar.

–¿Quieres decir que, como antigua compañera de mi madre, Zahyad también era una de las criadas de tu madre?

Jalal se puso tenso. La conspiración que depuso a su padre, el rey Atef, y apartó a sus hermanastros de la sucesión al trono de Zohayd era un tema que seguía sacándolo de quicio.

Pero Lujayn no sabía nada sobre esa conspiración. Nadie más que ellos lo sabían y lo mantenían en secreto hasta que el asunto quedase resuelto. Pero la resolución llegaría solo cuando descubrieran dónde había escondido su madre las joyas, llamadas El Orgullo de Zohayd.

Era una situación que lo enfurecía, dictada por la leyenda y reforzada por la ley. La posesión de las joyas confería el derecho a regir Zohayd, de modo que en lugar de pedir que se castigase a quien las hubiera robado, la gente de Zohayd pensaba que su padre y sus herederos, las habían «perdido» y no merecían ocupar el trono. La creencia de que las joyas querían ser poseídas por quien merecía regir el país era tan arcaica como intocable.

Pero incluso bajo amenaza de acabar en prisión, su madre se negaba a confesar dónde las había escondido. Según ella, cuando el trono fuese ocupado por Haidar, con él como príncipe heredero, le darían las gracias.

Jalal sacudió la cabeza para apartar tan oscuros pensamientos.

—Quería decir que Zahyah, como ciudadana de Azmahar que ha pasado años en el palacio real de Zohayd…

—Como esclava de tu madre, igual que la mía.

Otro de los crímenes de la reina Sondoss.

Desde que se conoció la conspiración habían descubierto muchas de sus transgresiones. «Esclava» podía ser una exageración, pero era evidente que había maltratado a sus criados y la madre de Lujayn, como dama de compañía, había tenido que soportar sus caprichos durante años. Pero Badreyah había dejado el puesto en cuanto Lujayn se casó con Patrick McDermott porque ya no necesitaba trabajar para vivir.

Seguramente esa era la única razón por la que Lujayn se había casado con Patrick.

Debería haberle dicho que su madre sufría a manos de la reina Sondoss, debería haber acudido a él.

Jalal respondió a la fría furia de Lujayn con la suya propia.

—No sé lo que Zahyah piensa de mi madre, pero está claro que sigue viéndome como su príncipe, por eso me ha dejado pasar.

—No me digas que la gente sigue creyendo esas tonterías del «príncipe de dos reinos».

La burla hizo que Jalal se enfureciese aún más. Eran príncipes de Azmahar y de Zohayd, pero Haidar y él jamás habían sido llamados así. No podía hablar por su hermano, pero él nunca se había sentido príncipe de ninguno de los reinos. En Zohayd no podía acceder al torno por ser impuro y en Azmahar… bueno, podía contar las razones por las que nadie allí lo consideraba su príncipe.

—Sea lo que sea, Zahyah me ha dado la bienvenida y tus guardias de seguridad antes que ella. He venido aquí suficientes veces como para que no les sorprendiera mi visita.

—Los has engañado usando tu antigua relación con Patrick…

—Que ya no está con nosotros —la interrumpió él—. Pero tú no has revocado la invitación.

Jalal la tomó del brazo cuando iba a pasar a su lado, apretando los dientes cuando su perfume lo envolvió, una mezcla de jazmín y noches de placer.

—No te molestes, esta visita no se repetirá.

Lujayn se soltó de un tirón.

—No sé cómo te atreves a venir aquí después de lo que hiciste.

Se refería a su pelea con Patrick, que había dado

como resultado graves pérdidas económicas para los dos. Otro daño del que Lujayn era responsable.

Pero Jalal decidió malinterpretarla a propósito.

–No soy yo quien te dejó y se casó con una de tus mejores amigas para ponerla contra ti.

–No conocías a Patrick si crees que yo podía influir en sus decisiones.

–Tú podrías influir en el mismo demonio –replicó Jalal–. Y los dos sabemos que Patrick era la presa perfecta para la viuda negra que tú has resultado ser.

Ella lo miró de arriba abajo, desdeñosa.

–Déjate de melodramas, Jalal. Has atravesado el mundo para dar a entender que yo he matado a mi marido, así que puedes volver a tu desierto para disfrutar de un poder que no te has ganado.

Él apretó los dientes, airado.

–Nunca me habías hablado en ese tono.

–Porque tú nunca me escuchabas. Aunque ese no era un privilegio que reservases para mí. Su Alteza no creía que mereciese la pena escuchar a nadie. Aunque en parte tienes razón: una vez, mi actitud y mi opinión sobre ti eran diferentes. Pero ya no soy esa persona.

–Eres la misma persona de siempre, pero ahora que eres la heredera de un imperio que vale miles de millones, crees que puedes permitirte el lujo de mostrarte tal y como eres.

–No es por eso por lo que tengo que contener el horror que me produces, pero como no me apetece explicarte mis razones, gracias por venir y adiós.

–¿Gracias?

–Llevo dos años furiosa por no haberte dicho todo lo que quería la última vez que nos vimos, así que gracias por darme la oportunidad de hacerlo. Y ahora, como ya has hecho lo que habías venido a hacer, puedes…

–No es eso para lo que he venido –antes de que Lujayn pudiese replicar, y sin pensarlo siquiera, Jalal tiró de ella para apretarla contra su cuerpo–. Y no es ese el deseo que estoy conteniendo.

Se inclinó para tomar sus labios, sintiendo que invadía sus sentidos, como había ocurrido siempre. Sabía a delirio, a noches de placer…

–Por muchas cosas que odies de mí, siempre te ha gustado esto –murmuró sobre su boca, deslizando la lengua por sus generosos labios–. Deseas mis caricias, mis besos, el placer que te doy. Aunque todo lo demás fuese fingimiento, esto es real.

–No es verdad… –Lujayn no terminó la frase, temblando.

Siempre había sido así. Una simple caricia los incendiaba, provocando una reacción en cadena que ninguno de los dos podía controlar.

–Sí, Lujayn, es así. Es un deseo que se enciende y que solo tú y yo podemos satisfacer.

Sus alientos se mezclaron cuando ella dejó escapar un gemido.

Por fin, Lujayn se rindió, buscando el placer que solo él podía darle. El primer beso le provocó un escalofrío de placer que la electrificó, haciendo que diera un respingo e intentase escapar.

Pero Jalal la sujetaba por la cintura y, casi involuntariamente, Lujayn se arqueó hacia él, encendiéndolo aún más.

–Dime que permaneces despierta por las noches, como yo, deseando que te haga mía. Dime que te has vuelto loca como yo, dime que recuerdas todo lo que hemos compartido, que aunque me odiabas, lo único que querías era que te hiciese mía.

Jalal levantó la cabeza para mirarla a los ojos y ver en ellos la confirmación.

Y lo hizo.

Seguía deseándolo. Nunca había dejado de hacerlo.

Estaba en sus ojos.

No sabía qué se había dicho a sí misma desde que lo dejó, pero su explosiva respuesta la había forzado a enfrentarse con la verdad.

Sin dejar de mirarla a los ojos, Jalal la tomó en brazos y Lujayn se apretó contra él, dándole una prueba más de su consentimiento.

Con el corazón galopando de alivio y urgencia, la llevó hasta una habitación. Solo cuando la dejó sobre la cama se dio cuenta de que la había llevado al dormitorio principal.

Se colocó sobre ella, capturando sus muñecas con una mano para poner los brazos sobre su cabeza y acariciando su cara con la otra. Luego, sosteniendo su mirada nublada de deseo, se inclinó para capturar sus labios.

Ella volvió la cara, como si se sintiera tímida de

repente, y Jalal besó el terciopelo de su cuello. Cuando empezó a chupar el lóbulo de su oreja, Lujayn se arqueó, levantando sus pechos hacia él, temblando al sentir el contacto, sus pezones marcándose bajo la blusa.

Jalal sonrió, satisfecho ante lo explícito de su respuesta, y volvió a hacerlo cuando ella dejó escapar un gemido de decepción al notar que se apartaba.

Su sonrisa la aplacó mientras se quitaba la chaqueta y luego, lentamente, empezaba a desabrochar su camisa.

Su deliberada lentitud le daba a Lujayn oportunidad para marcharse si no quería seguir adelante y a él tiempo para observarla mientras desnudaba su cuerpo; el cuerpo que Lujayn había adorado durante cuatro años y en el que había dejado su huella. Vio que los recuerdos encendían sus ojos, sus labios, oscureciendo sus mejillas.

–¿Esto es lo que deseas? –le preguntó.

Lujayn asintió con la cabeza, una confesión silenciosa que lo hizo temblar.

Jalal le tomó la mano para ponerla sobre su abdomen y cuando ella no la apartó, la invitó a seguir hacia abajo, dejando escapar un ronco gemido de deseo mientras lo acariciaba; el placer tan largamente esperado haciendo que perdiese la cabeza.

–Tócame, Lujayn. Toma lo que siempre has querido. Devórame como solías hacer, *ya'yooni'l feddeyah.*

Ella dio un respingo al escuchar el cariñoso apelativo: «Mis ojos de plata».

Y esos ojos se oscurecieron hasta volverse del color del atardecer en Zohayd mientras lo exploraba, cada vez con menos timidez.

La intención de Jalal de ir despacio hasta que le suplicase empezaba a resultar imposible, pero cuando vio que Lujayn cerraba los ojos, esa intención se esfumó por completo.

Iba a hacerla suya cuando ella abrió los ojos como si saliera de un trance.

–Jalal, tenemos que parar…

–Dime por qué.

Lujayn cerró los ojos de nuevo.

–Patrick…

Jalal tomó su cabeza con las dos manos, obligándola a abrir los ojos.

–Patrick ha muerto y tú y yo no, pero tampoco estamos vivos. Dime que has podido vivir de verdad sin esto…

Volvió a buscar sus labios mientras se colocaba sobre ella hasta que la tensión se disolvió, hasta que Lujayn se rindió del todo.

–Dime que has obtenido placer sin mí. Di que no me deseas tanto como yo a ti y me marcharé.

La verdad estaba en sus ojos y, sin embargo, ella respondió:

–Desear no lo es todo.

–Pero es suficiente –Jalal enterró los dedos en su moño, liberando el pelo negro como ala de cuervo para enterrar la cara en él.

–Es los que tenemos, lo que necesitamos. Contra lo que no podemos luchar.

Lujayn tiró de su pelo para apartarlo.

–Esto no cambiará nada.

Estaba poniendo condiciones para aquel encuentro. ¿Que solo sería algo físico o que solo ocurriría una vez?

Sin embargo, Jalal se negaba a aceptar condiciones.

–Admítelo, te mueres por tenerme otra vez como yo me muero por tenerte a ti. Te entregarás, como has hecho siempre. Deja que yo te dé todo lo que siempre suplicaste que te diera.

Después de unos segundos, Lujayn asintió. Y luego, bajando las pestañas para esconderle los ojos, empujó su cabeza para apoderarse de sus labios.

Jalal dejó escapar un gemido de satisfacción cuando sus lenguas se encontraron, su fervor intensificándose, el ansia y la pasión calentando su sangre como una droga.

Empezó a desabrocharle la blusa con una mano, levantando la falda con la otra y, por fin, le desabrochó la cremallera del pantalón. Tuvo que tragarse un grito de alivio, de placer, mientras se frotaba contra ella hasta que Lujayn le suplicó:

–Lléname, ahora. Hazme tuya, Jalal…

Él arrancó sus braguitas para acariciar sus satinados pliegues, deslizando un dedo en su interior hasta que Lujayn se onduló contra él, frenética. Cuando no pudo soportarlo más, enredó las piernas en su cintura y fue entonces cuando entró en ella, haciéndola gritar.

Era tan estrecha como siempre, el placer que

provocaba, inenarrable. Lujayn se arqueó, apretándose contra su cuerpo, con el deseo de sentirse dominada.

Abrumado de sensaciones, Jalal se enterró en ella hasta el fondo, gimiendo su nombre, apartándose para enterrarse de nuevo una y otra vez, haciendo que Lujayn gritase con cada penetración.

La cópula era primitiva, salvaje. Se tocaban y mordían con abandono. No existía nada más que la necesidad de saciar el deseo que los volvía locos.

El primer espasmo del orgasmo lo golpeó como una apisonadora, apretando su miembro con tal fuerza que Jalal se apartó para poder respirar. Un segundo después, mientras ella apretaba íntimamente su erección, sintió la fuerza de su propio clímax y se dejó ir, sintiendo que estaba volcando su fuerza vital en ella.

Liberado de las garras del éxtasis, cuando los gritos de Lujayn se convirtieron en gemidos, cayó sobre ella sin pensar en nada más que en los caóticos latidos de su corazón, que intentaba recuperarse del esfuerzo.

Podría haberse quedado dormido o tal vez se había desmayado durante unos segundos. O durante una hora. Lo único que sabía era que volvía a la tierra, a un cuerpo ahíto y feliz.

Entonces, un movimiento hizo que diera un respingo…

Lujayn. Debía haberla aplastado.

Jalal se apartó a toda prisa. Se inclinó para besarla y cuando ella se apartó se le encogió el corazón.

Lujayn se sentó al borde de la cama, la larguísima melena negra cayendo por su espalda, su cuerpo rígido.

Iba a alargar una mano para tocarla cuando ella se volvió. Y la frialdad en sus ojos grises hizo que se quedase inmóvil.

–Te odio cuando yo nunca he odiado a nadie, de modo que considera esto una despedida definitiva. No volverá a ocurrir jamás.

Después se levantó como una autómata y desapareció en el cuarto de baño.

Jalal miró la puerta cerrada con el corazón acelerado, pero había recuperado algo: la satisfacción de saber que su cuerpo era suyo. Si iba tras ella la haría suplicar de nuevo, pero su antipatía parecía real. No sabía qué había hecho para ganársela, pero fuera lo que fuera, lo había cambiado todo.

Y eso explicaría por qué lo había dejado.

Casi una hora después, la puerta del baño se abrió de nuevo y Lujayn salió vestida. También Jalal se había vestido. Sabía que aquel interludio no iba a repetirse, al menos hasta que supiera qué estaba pasando.

–Siento mucho haber dicho que te odio, no es cierto.

El corazón de Jalal se hinchó de nuevo, las piezas rotas volviendo a unirse.

Pero sus siguientes palabras fueron lo que una bala para un pájaro:

–Es peor que eso. Me odio a mí misma cuando estoy contigo. Odio lo que hago, lo que pienso, lo

17

que siento. Lo que soy. Patrick me enseñó que soy mejor que eso, que no tengo por qué sentir así. Estaba segura de que esto no volvería a ocurrir, pero tú eres como una enfermedad incurable y solo hay una manera de evitar que vuelva a recaer: no volverás a acercarte a mí. Si lo intentas, haré que lo lamentes.

Jalal se apartó. Su antipatía abriendo el dique de su acumulada, aunque brevemente olvidada, amargura.

—También yo lamento haber venido aquí para exponerme a tu odio, así que ahórrate las amenazas. Nevará en mi desierto antes de que vuelva a acercarme a ti.

No solo lamentaba haber ido a buscarla sino que despreciaba su propia estupidez por ser incapaz de odiarla, por sucumbir a su debilidad, por haberla tomado en su cama de matrimonio y no haber sido él quien recuperara el sentido común.

Se volvió antes de salir y la expresión de Lujayn le rompió el corazón una vez más. No lo odiaba solo en aquel momento, lo había odiado siempre.

—Gracias, por cierto. Me has dado lo que había venido a buscar: la certeza de que no merece la pena pensar en ti. Ahora puedo borrarte de mi memoria.

El alivio que le había proporcionado su mezquina venganza se esfumó por completo en cuanto salió de la habitación, porque era mentira.

Su recuerdo lo mantendría cautivo para siempre.

Capítulo Dos

El momento presente

«… el recuerdo de ese día quedará en mi corazón durante el resto de mi vida, junto con la bendición de tu amor, de tu mera existencia. Yo, Haidar Aal Shalaan, te entrego a ti, Roxanne, propietaria de mi corazón, mi vida para siempre».

Jalal pulsó el botón de pausa con el corazón encogido al ver el amor que irradiaban los rostros congelados en la pantalla.

Él nunca había creído en los milagros, pero no podía negar que acababa de ver uno con sus propios ojos y había rebobinado para ver la escena una y otra vez.

La boda de su hermano gemelo. Había visto esa parte en concreto, el momento en que hacían las promesas, por enésima vez.

Cada vez que veía a Haidar mirando con gesto de adoración a su flamante esposa, cada vez que los escuchaba comprometerse durante una vida entera, jurarse amor eterno…

Se sentía feliz por los dos: el hermano que parecía una extensión de su propia vida y una mujer que era de la familia. Pero ver cuánto se amaban infligía dolor además de alegría. Lo hacía sentir ese vacío en su interior, uno que no podía llenarse.

Una vez creyó haber encontrado algo parecido a lo que habían encontrado Haidar y Roxanne con Lujayn, la única mujer a la que había deseado con todas sus fuerzas. Pero incluso ardiendo de pasión, en los brazos del otro, sentía que le faltaba algo. Y en aquel momento sabía lo que era: esa conexión, esa alianza, el juramento de estar juntos para siempre.

Durante los últimos años había visto a sus hermanos encontrar a su alma gemela, pero habían tenido que ser Haidar y Roxanne quienes solidificaran la idea, quienes lo hicieran entender lo que era sentirse completo.

Él no había tenido nada parecido con Lujayn. ¿Cómo iba a tenerlo? Hacían falta dos personas para conseguir ese grado de intimidad y ella no había querido pasar de cierto punto. No había querido auténtica intimidad sino dinero y estatus social.

Entonces había creído que sus problemas eran debidos a la intermitente naturaleza de su relación, dictada por sus diferentes agendas y por vivir en diferentes lados del mundo, pero la verdad era que, aparte del sexo, Lujayn no lo quería de verdad. Solo quería conseguir un propósito.

Y seguro que habría seguido intentándolo si no se hubiese topado con otra oportunidad: un hombre que era casi tan buen partido como él.

Jalal apagó el vídeo y la pantalla se volvió negra, tan negra como sus pensamientos.

No volvería a verlo. No tenía sentido ver algo

que él nunca tendría, que nunca experimentaría en carne propia en toda su vida.

Irritado, se levantó y tiró el mando sobre el sofá antes de mirar alrededor para buscar el balcón…

Había alquilado tantas casas en los últimos dos años que cuando despertaba tenía que hacer un esfuerzo para recordar dónde estaba.

Desde que se descubrió la conspiración de su madre, un escándalo que había asombrado a la región, había estado viajando por todo el mundo. Su padre y sus hermanastros, Amjad, Harres y Shaheen, insistían en que nadie asociaba a Haidar y a él con los delitos de su la reina Sondoss, pero se sentía sucio de todas formas.

Se había sentido aún peor cuando discutió con Haidar sobre ello y acabó culpándolo a él. La discusión había sido tan brusca que Haidar había anunciado que ya no tenía un hermano.

Esa pelea había sido resuelta, afortunadamente, y su hermano y él volvían a hablarse, pero aunque estaban recuperando la relación que habían tenido desde la infancia, Jalal seguía sintiendo ese vacío inexplicable.

Suspirando, abrió la puerta del balcón y se detuvo frente a la balaustrada, mirando el desierto en el horizonte, que parecía más lejos que nunca.

¿Qué estaba haciendo allí?

¿Por qué estaba intentando reclamar el trono?

El trono estaba desierto desde que el antiguo rey de Azmahar, su tío materno, había abdicado tras una serie de revueltas, y sus herederos habían recibido el rechazo de la población. Igual que su madre había estado a punto de destruir Zohayd, su familia había llevado Azmahar al borde de la destrucción.

Y él había creído que la gente de Azmahar no querría saber nada de su familia materna, de modo que fue una sorpresa cuando un comité que representaba a un tercio de la población exigió que él fuese uno de los candidatos. No lo culpaban por los delitos de su madre y decían que él tenía el poder y la experiencia necesarios para salvar el país. Incluso su sangre Aal Munsoori era un beneficio, ya que la gente seguía considerando a los Aal Munsoori sus monarcas legítimos.

Pero, además, tenía la ventaja de haber mezclado su sangre con la de los Aal Shalaan y, de ese modo, contaba con un aliado vital para ellos: Zohayd.

¿Pero él ocupando el trono? Sabía que estaba capacitado para el puesto, pero también que podía nadar entre tiburones. Literalmente. Lo había hecho una vez.

Eso no significaba que debiera hacerlo y ser el rey de unas tierras tan caóticas era peor que nadar en aguas infestadas de tiburones. Por no hablar del campo de minas que representaba ser elegido por encima de su hermano y su antiguo mejor amigo, enemigo en aquel momento, Rashid.

Pero si no hacía aquello, ¿qué otra cosa podía hacer?

Se había exiliado de Zohayd, pero llevaba a cabo los deberes reales de los que sus hermanos no se ocupaban. Entre eso y llevar sus negocios, no tenía vida personal. Aparte de un par de buenos amigos, no tenía a nadie.

Su hermano Haidar decía que lo tenía a él y seguramente era cierto, pero en el día a día...

Su familia vivía en Zohayd, de modo que apenas se veían y, como recién casado y segundo candidato al trono, Haidar no tenía tiempo para él.

Era lógico que se sintiera vacío. Tan vacío como el desierto y sin posibilidad de que eso fuera a cambiar.

Un ruido rompió el silencio que lo rodeaba y Jalal frunció el ceño. Su móvil...

Tardó unos segundos en reconocer el sonido, Fadi Aal Munsoori, un primo lejano y, además, su jefe de seguridad y jefe de su campaña para alcanzar el trono.

Aunque Fadi pertenecía a la rama de la familia de su madre que Jalal consideraba familia de verdad, el propio Fadi nunca se había portado como si tuviera relación con la familia real de Azmahar. Su padre apenas se había relacionado con ellos, pero Fadi no tenía ninguna relación, ni en público ni en privado.

Sin embargo, en cuanto su familia fue depuesta, había intentado convencer a las tribus influyentes y había sido él quien orquestó la nominación de Jalal como posible rey.

Pero, aunque le confiaría su vida, su negocio, su campaña e incluso sus secretos, Fadi jamás había querido una relación personal entre ellos.

Jalal insistía en que eran amigos, pero él lo trataba como si fuera un antiguo caballero defendiendo a su rey y solo lo llamaba cuando había algo urgente que discutir. Casi desearía que tuviese algo importante que consultarle para salir de aquel vacío…

–Fadi, me alegra saber de ti.

Su jefe de campaña era un hombre directo, su profunda voz cargada de su habitual solemnidad.

–Considerando que no has vuelto a preguntar sobre este asunto en los últimos dos años, es posible que no estés interesado en lo que tengo que decir. Pero he decidido contártelo de todos modos.

Jalal hizo una mueca. Eso no sonaba como algo referente a sus negocios, su seguridad personal o su campaña.

Y solo había otra cuestión de la que Fadi se había ocupado. Otra persona a la que había pedido que vigilase: Lujayn.

Y debía haber dicho su nombre en voz alta porque Fadi respondió:

–Es sobre Lujayn Morgan, sí.

El viento del desierto se volvió fiero, como en respuesta a las preguntas y tentaciones que provocaba ese nombre. Había tenido que hacer un esfuerzo sobrehumano para no volver a preguntarle por ella…

Al menos, había conseguido no buscarla. Y lo más cuerdo sería dejarle claro que ya no tenía interés, que no debía darle información…

–Te pido disculpas por pensar que seguías interesado –dijo Fadi entonces.

Y entonces Jalal hizo algo insensato. Con el corazón latiendo sin control, murmuró:

–*B'haggej' jaheem, ya rejjal.* Dímelo de una vez.

Su ladrido silenció a Fadi, como les ocurría a todos los demás. Él, como todos, creía que Jalal era el epítome de la sangre fría y, aunque eso solía ser cierto, el control y Lujayn se habían excluido siempre mutuamente.

–Ha vuelto a Azmahar.

–¿Creías que no iba a descubrir que estabas en Azmahar?

Lujayn se apartó el móvil de la oreja al escuchar una voz que había esperado evitar.

La de Aliyah.

Aliyah y ella se habían tratado una vez como si fueran de la familia, ya que sus padres pertenecían al clan americano irlandés de los Morgan, pero la madre de Aliyah, la princesa Bahiyah Aal Shalaan, había resultado ser en realidad su tía y Aliyah la hija que el antiguo rey Atef Aal Shalaan de Zohayd había tenido con su amante americana y reciente nueva esposa, Anna Beaumont.

Hacía años que Aliyah había sido declarada miembro del clan Aal Shalaan, cuando se convirtió en esposa del rey Kamal Aal Masood y reina de Judar. Un gran cambio de la persona que era cuando se conocieron.

Pero mientras su falsa relación familiar las había convertido en amigas, Lujayn había seguido sus pasos en el mundo de la moda. Aliyah la había ayudado mucho, apartándola de situaciones desagradables y presentándole gente honrada en un mundo tan turbulento.

También ella había sido la razón por la que conoció a Jalal, cuando pensaban que era primo de las dos. Y en aquel momento, sabiendo que Aliyah era en realidad su hermanastra, había más posibilidades de que la llevase a la órbita de Jalal una vez más. Por eso había querido evitarla. Por eso y por la felicidad que irradiaba desde que se casó.

–¿Cuál es el castigo apropiado para ti, sabiendo que estás en Azmahar sin que me avisaras de tu presencia? –bromeó Aliyah.

Lujayn no pensaba confesarle a la mujer que tan amable había sido con ella cuando más lo necesitaba que había intentado evitarla porque, sin querer, hacía que se sintiera triste o porque no quería arriesgarse a ver a Jalal.

De modo que respondió con otra verdad, sin pensar en mezquindades o miedos.

–Yo también te he echado de menos, Aliyah.

Su amiga dejó escapar una alegre carcajada.

–Ahí está la mujer que sabe cómo enfadarme y dejarme con una sonrisa en los labios a la vez. Eres más escurridiza que una anguila. He oído que eso es algo propio de la gente de Azmahar.

Lujayn esbozó una sonrisa.

–Como solo soy de Azmahar en un cincuenta por ciento, seré escurridiza a medias.

Aliyah rio de nuevo.

–Ser de dos sitios a la vez aumenta lo que heredamos de cada lado. Pregúntale a Kamal.

Y allí estaba. Aliyah era incapaz de unir cinco frases sin mencionar el nombre de su marido, el amor de su vida.

Sabía que estaba siendo patética, pero no era solo notar el amor en la voz de su amiga. Los había visto juntos, solos y con sus hijos, y el amor y la devoción que sentían el uno por el otro le había parecido asombroso. De modo que esa pasión existía en el mundo… pero Lujayn nunca disfrutaría de ella.

–¿Cuánto tiempo llevas en Azmahar? –la voz de Aliyah interrumpió sus pensamientos–. La última vez que estuviste aquí fue hace más de cuatro años y solo te quedaste unos días.

–No lo sé. Depende de la salud de mi tía.

–¿Suffeyah? ¿Qué le ocurre? –exclamó Aliyah, alarmada.

–Le han diagnosticado un cáncer de mama.

–Ay, Lujayn, lo siento muchísimo. Tráela a Judar. Aquí tenemos uno de los mejores sistemas sanitarios de la región, gracias a Kamal. Yo me encargaré de que tenga los mejores cuidados.

–No sabes cuánto agradezco tu oferta, pero debo rechazarla. He intentado convencerla para que venga conmigo a Estados Unidos, pero se niega a dejar a sus hijas durante los meses que duraría el tratamiento. Una está en el instituto y la otra acaba de tener gemelos.

–Entiendo muy bien que no quiera dejar a sus hijas, pero Azmahar no está pasando por un buen momento y tengo entendido que el sistema sanitario es uno de los sectores que más está sufriendo.

El corazón de Lujayn se encogió al escuchar esas palabras.

–No sé, pero mi tía insiste en arriesgarse como haría cualquier otro ciudadano. Lo único que he podido hacer es convencerla para que hablase con uno de los mejores médicos de Estados Unidos, que vendrá en un par de días.

–Me alegro –dijo Aliyah–. Y si el tratamiento que recomienda no puede hacerse en Azmahar, yo me encargaré de enviar el equipo y el personal necesario. Si ella no quiere venir aquí, yo le llevaré Judar.

–Muchísimas gracias. Eso es mucho más de lo que yo hubiera esperado.

–Pero tú no esperabas nada, ¿no? Tú nunca pides ayuda.

Lujayn suspiró. Aliyah tenía razón. No quería aceptar favores que no pudiese devolver y solo aceptaba su ayuda porque temía por la vida de su tía.

Pero no tenía nada de igual valor para ofrecerle…

–Sé lo que estás pensando, pero como es un favor para tu tía no tienes nada que decir. Prométeme que aceptarás y que me dirás lo que necesitas.

Lujayn sonrió, aunque tenía los ojos llenos de lágrimas.

–Se me había olvidado lo bien que me conoces y lo increíble que eres –dijo, emocionada–. Gracias. Prometo llamarte en cuanto sepa lo que necesita mi tía.

–De acuerdo. ¿Cuándo vamos a vernos?

Lujayn se mordió los labios. Sabía que, aunque

quisieran, no podrían verse. Dudaba que la reina de Judar encontrase tiempo para ella.

—En cuanto sepamos la opinión de los médicos, te llamaré.

—Espero que sea verdad.

Charlaron durante un rato, hasta que Aliyah tuvo que cortar la comunicación para atender a su hija.

Lujayn se dejó caer sobre un sillón. Si ya estaba deshecha, ¿qué pasaría durante las próximas semanas, los próximos meses?

Había sido mala suerte volver a Azmahar precisamente en ese momento, con Jalal allí por primera vez en años. Odiaba respirar el mismo aire que respiraba él y la llamada de Aliyah había hecho que sintiera como si su sombra fuese más oscura y cercana que nunca.

Lo cual era una ironía porque, además de haber jurado que la borraría de su memoria, Jalal estaba intentando llegar al trono.

Y aunque no fuera así, no pensaría en ella. Después de todo, solo había sido una amante entre muchas. Se veían cuando era conveniente para él... a veces estaban semanas sin verse y, sin la menor duda, Jalal no habría sido capaz de contener su libido durante tanto tiempo.

Cuando estaban separados, se debatía entre desesperarse y decirse a sí misma que dudaba porque se sentía insegura. Pero había escuchado rumores suficientes como para saber que en lugar de «guardar sus ansias solo para ella», como le había dicho más de una vez, Jalal tenía a una mujer diferente en su cama cada noche.

Desafortunadamente, no había sido esa la razón por la que rompió con él. Y, después de todo, Jalal no le había prometido nada que justificase sus celos o su sensación de estar siendo traicionada.

Maldiciéndose a sí misma por tan sórdidos recuerdos, Lujayn miró alrededor. Había reservado la suite porque el hotel estaba cerca del hospital y, de ese modo, podría atender a su tía. Pero pensar en lo que tenía por delante la llenaba de miedo.

Angustiada, se levantó para hacerse un té. Necesitaba calmarse un poco antes de volver a casa de su tía, a las afueras de Durrat al Sahel. El tráfico en la capital era peor de lo que recordaba.

Cuando estaba tomando el primer sorbo de té, un ruido estridente interrumpió el silencio de la suite. Asustada, Lujayn se quemó la lengua y empezó a toser…

Estaba tosiendo cuando volvió a escuchar el sonido. Un timbre. Ni siquiera sabía que la suite tuviera uno.

Debía ser el servicio de habitaciones, pensó. No había colocado el cartel de No Molestar porque solo iba a estar allí una hora, de modo que abrió la puerta… y se quedó helada.

Porque al otro lado, haciendo que se sintiera diminuta, estaba Jalal. La razón de todas sus inquietudes desde el día que puso sus ojos en él.

Una vez había pensado que ningún otro hombre podría compararse en belleza y magnificencia.

Y, durante su aventura, él había demostrado que no estaba equivocada. Ese cuerpo de metro noventa, anchos hombros y proporciones divinas que le había parecido el paradigma de la masculinidad había madurado y esa madurez lo hacía aún más atractivo. Los años le habían dado más virilidad, más inteligencia y sensualidad, más ángulos a su rostro.

Pero algo había ocurrido desde la última vez que lo vio, dos años antes. Era como si la oscuridad y la furia que había sospechado escondía tras una fachada amable emanase de él, haciendo que su belleza fuese casi aterradora.

Paradójicamente, también Jalal la miraba con cara de sorpresa, cuando era él quien había estado a punto de provocarle un infarto con su repentina presencia.

–Dije que te borraría de mi memoria, pero parece que no es posible, así que he decidido dejar de intentarlo e ir en dirección opuesta –le dijo, sus ojos de color whisky brillando como lava–. Creo que la única cura es revivir cada recuerdo, repetir cada intimidad que hemos compartido.

Capítulo Tres

Lujayn se quedó paralizada mientras Jalal pasaba a su lado. La puerta se cerró, el sonido como el de una pistola que alguien hubiera disparado a quemarropa.

Pero seguía sin poder moverse, hablar, respirar, mientras lo veía entrar en la suite, los recuerdos y las sensaciones atrapándola en un laberinto.

Lo único que aquel hombre tenía que hacer era mirarla para neutralizar su voluntad, su instinto de supervivencia.

Y que siguiera teniendo la misma influencia en ella después de lo que había sufrido y seguía sufriendo por él la enfurecía.

En cuanto Jalal se dio la vuelta para mirarla de arriba abajo, le espetó:

–¿Qué crees que estás haciendo? Vete de aquí ahora mismo.

–Lo haré, pero no ahora mismo –Jalal se encogió de hombros– así que ahórrate los insultos y vamos a hablar tranquilamente.

–¿Hablar de qué?

–De mi proposición –respondió él.

–¿La de revivir nuestros primeros encuentros? –exclamó Lujayn, irónica.

Sus ojos de lobo brillaron mientras daba un paso adelante.

–¿El primer segundo que compartí contigo, cuando te vi detrás de Aliyah, mirándome como una gatita hambrienta? ¿O cuando me acerqué y tomé tu mano…? –Jalal abrió y cerró la mano como si aún pudiera sentir la suya.

Un gemido escapó de la garganta de Lujayn.

–Estás reescribiendo la historia. Yo era tímida entonces y no sabía cómo reaccionar ante los avances de un extraño.

–Yo nunca fui un extraño para ti. Tú sabías quién era… probablemente lo sabías antes de aprender a hablar.

–Sabía de ti, pero no te conocía personalmente. Y lo que sabía explica que me mostrase recelosa.

–Pero me mirabas con ojos hambrientos –insistió él–. Por cierto, nunca te pregunté… ¿Aliyah no te habló bien de mí? Si no es así, se portó como una mala prima.

–Si me dijo algo de ti, seguro que no serían halagos. Y como hiciste todo lo posible para esconderle tus intenciones hacia mí, tampoco me advirtió.

–No le dije nada para conservar los ojos que tú decías adorar.

Y esos ojos, maldito fuera, eran tan magníficos como siempre, emitiendo ese brillo dorado que le hacía olvidar el sentido común cada vez que los clavaba en ella.

–No te entiendo.

–Aliyah se portaba contigo como una madre y

me los hubiera arrancado de haber conocido mis intenciones.

Lujayn hizo una mueca.

—¿Recuerdas lo que pasó cuando nos quedamos solos?

—¿Quieres decir cuando me diste un puñetazo?

—Yo no hice tal cosa. Simplemente, te advertí.

—Dijiste que te soltase o me atuviese a las consecuencias. Cuando yo no estaba reteniéndote contra tu voluntad, ni siquiera estaba tocándote.

—Estabas acorralándome.

—Simplemente, caminaba hacia ti. Eras tú la que caminaba hacia atrás, tú misma te acorralaste.

—Porque estábamos solos en la suite del hotel.

—A la que fuiste por propia voluntad.

—Acudí a una fiesta con Aliyah.

—Era mi fiesta, en mi suite. Y no fui yo quien le pidió a Aliyah que te dejase sola allí.

—Me quedé porque Aliyah dijo que volvería en media hora.

—Pero no te fuiste y había pasado más de media hora —le recordó él.

—Estaba en Nueva York y era de noche. Pensé que tu suite sería más segura que salir sola a la calle.

—Y así era.

—No me lo pareció cuando todos me dejaron a solas contigo. Yo era una cría y tú un hombre altísimo y fuerte... por no decir un príncipe con inmunidad diplomática.

—Pensaste que yo les había ordenado que se fueran para quedarme a solas contigo.

–Y tenía razón.

–No sobre las siniestras intenciones por las que me gané dos puñetazos.

–No exageres, solo fue un empujón.

–Que me dejó trastabillando –dijo Jalal–. Por no hablar de la sorpresa que me llevé al ver que el ángel se convertía en una arpía. *Ya Ullah,* si te deseaba antes de eso, después te deseaba mucho más.

Lujayn, horrorizada por lo que había hecho, había intentado escapar, pero Jalal la detuvo, sin tocarla, solo llamándola. Fue la primera vez que la llamó «ojos plateados».

Y así, de repente, sus miedos desaparecieron. Él dejó de ser el hijo de una mujer a la que había odiado de niña para convertirse en algo mucho más peligroso, la personificación de todos los deseos prohibidos. Se había mostrado simpático y accesible, ingenioso y elocuente, admirando su belleza, su carácter… y luego bromeando sobre el empujón, sin dejar la menor duda de que sabía qué lo había provocado: una atracción letal, que él compartía.

No la había llevado a su cama esa noche, pero los dos sabían que podría haberlo hecho. Había esperado dos meses, haciendo que se volviese loca de deseo. Después de la primera vez, devorada y dominada, se había convertido en adicta, deseándolo con una intensidad y una obsesión que la volvía loca. Durante los siguientes cuatro años.

Su intimidad había sido salvaje, explosiva, pero la gratificación sexual aumentaba la frustración emocional…

–Aunque no tenías que volver a empujarme –estaba diciendo él–. Me dejaste sin aire solo con mirarme porque me deseabas tanto como yo a ti.

Ella abrió la boca para contradecirlo.

–No te molestes, es algo indiscutible y tú lo sabes tan bien como yo. Con tantas para elegir, ¿esa es la intimidad que quieres revivir? ¿Por qué no la primera vez que hicimos el amor?

Lujayn iba a decir que ellos nunca habían hecho el amor, pero Jalal puso un dedo sobre sus labios y el calor de su piel pareció soldarlos.

Nerviosa, dio un paso atrás y él, suspirando, bajó la mano, sus ojos encendidos al recordar esa primera vez.

–Recuerdo cada centímetro de tu piel, cada sensación mientras te abrías para mí, mientras te rendías, suplicando mi posesión. Te daba placer como si estuviera grabado en mi ADN... recuerdo todas y cada una de las veces.

La furia que había provocado su aparición empezaba a convertirse en una extraña languidez. Era como si su proximidad provocase una reacción química, más potente que cualquier droga.

Pero no iba a caer bajo su influencia de nuevo. Le había costado demasiado y no solo a ella...

Cuando Jalal apareció en su casa, en los Hampton, había querido que se fuera para siempre y no volviera a pensar en ella durante el resto de su vida, pero no había sabido cómo lidiar con la situación.

Herir su orgullo podría alejarlo durante un tiempo, pero el deseo de satisfacer su deseo lo había hecho volver. Y tenía que aprender de sus errores, aunque fuese una sola vez.

–Los recuerdos están bien –empezó a decir– pero tú te concentras en recuerdos insustanciales y olvidas los más relevantes. Como, por ejemplo, por qué querías borrarme de tu memoria para siempre.

–Yo no olvido nada –replicó él, sus ojos helándose de repente–. Es una maldición que sufren los Aal Shalaan. Por eso no he podido olvidarte y, en cuanto supe que estabas de vuelta en Azmahar, tuve que admitir que no lo haría nunca.

Ella sabía de la increíble memoria de Aliyah, pero era la primera vez que Jalal mencionaba un don similar. Claro que nunca le había contado nada importante sobre sí mismo. Hablaba mucho, pero solo sobre la pasión que sentía por ella.

Además de eso, no tenían nada.

Lujayn se encogió de hombros.

–Esa memoria infalible significa que no has olvidado los malos momentos. Y fueron lo bastante horribles como para borrar todo lo que creíste tan maravilloso.

–¿Quieres decir la parte en la que convenciste a uno de mis mejores amigos para que se casara contigo… con intención de librarte de él a toda velocidad? Aunque dos años es mucho tiempo. Como siempre, te felicito por tu tenacidad. Imagino que querrías librarte de él mucho antes.

–Imaginas demasiado.

«Concéntrate», pensó Lujayn, al ver un brillo burlón en sus ojos. «No le des armas».

–Si no es cierto, ¿por qué no me sacas de mi error?

–No podía hablar de ello cuando nos vimos por última vez. Y no me siento cómoda hablando de ello ahora, pero imagino que no hay razón para seguir manteniéndolo en secreto.

–¿Quieres advertirme que debo mantenerlo en secreto? ¿Crees que voy contando las cosas de los demás por ahí?

–No, sé que no. Contártelo a ti es tan seguro como contárselo a un cadáver, pero no estaba pensando en tu discreción cuando apareciste en Los Hampton dos meses después de la muerte de Patrick. Con la angustia que sentía y los peligros a los que me enfrentaba, por no hablar de la irritación que me produjo tu visita, compartir la verdad contigo no entraba en mi lista de prioridades.

–¿Y vas a contarme la verdad ahora sobre la muerte de Patrick? Si es lo que le contaste a la policía, no te molestes.

–No sé cómo funciona la policía en esta región, pero en Nueva York les da igual lo que uno cuente. Solo quieren pruebas. Especialmente, cuando se trata de alguien rico y joven que no muere por causas naturales.

–Patrick no murió de muerte natural, de ahí mi acusación hace dos años.

–¿Crees que yo lo asesiné? –Lujayn inclinó a un lado la cabeza, odiando que su corazón galopase, emocionado, mientras él la acusaba de ser una asesina–. ¿Crees que soy capaz de hacer algo así?

–Sé que eres capaz de hacer que un hombre quiera suicidarse.

–¿En qué te basas para decir eso? ¿En mi carrera como modelo o en que soy la única mujer que se atrevió a romper contigo?

Lujayn se mordió los labios, enfadada consigo misma por hacer recriminaciones cuando quería hacer todo lo contrario.

–Más bien la mujer que usó su cuerpo para atrapar a un multimillonario cuando yo no hice la oferta que esperabas.

–¿Crees que yo buscaba una proposición de matrimonio? ¿Te parezco la clase de mujer que cree en cuentos de hadas? Que yo sepa, el príncipe solo se casa con la hija de la criada en los cuentos o en las películas. Yo lo sé muy bien.

–Dijiste que querías un hombre que no te mantuviese escondida como si fueras un oscuro secreto, que saliera contigo a la calle… querías una proposición de matrimonio. Y me hiciste ver que si no lo hacía, ya tenías a un sustituto.

–¿Un sustituto? –Lujayn dejó escapar una risita amarga–. Nunca se me ocurrió que nuestra aventura fuese algo más que eso, algo trivial, esporádico. Por eso decidí romper contigo. El sexo ya no era suficiente para soportar esa degradación.

–¿Degradación? –repitió él–. Hice todo lo posible para que nuestra aventura, como tú misma la llamas, fuese discreta para que no tuvieras que soportar murmuraciones.

–Y yo sabía que no podía ser de otra manera,

pero eso no significa que lo aceptase. Estaba atrapada en un círculo vicioso, queriendo romper contigo y luego dejando que volvieses a mi vida cuando te daba la gana, recuperando esa... compulsión. Por eso rompí contigo. Las diferencias entre nosotros, lo absurdo de la relación, todo eso estaba corroyendo mi autoestima y mi salud.

—Y la única cura era encontrar un marido multimillonario —dijo él, sarcástico.

Lujayn hizo una mueca.

—Eso es lo que tú quieres pensar. Tienes que creerme una mercenaria para aceptar que una mujer decidiese romper con el magnífico y todopoderoso príncipe, ¿verdad?

—No me diste explicación alguna. ¿Qué iba a pensar?

—Y tú no te sentías culpable en absoluto, ¿verdad?

—Si fuera así, me lo habrías dicho. Pero decidiste ponerte histérica y marcharte de aquí sin dar explicaciones. ¿Que iba a hacer más que aceptar la explicación más cruel?

—La más cómoda para ti.

La sonrisa de Jalal se volvió letal.

—¿Estás diciendo que ese ataque no fue un pretexto para librarte de mí y aprovechar la oportunidad para casarte con un hombre más manejable que yo?

—Patrick era un ser humano maravilloso. Más de lo que tú lo serás nunca.

Y ella era patética porque, sabiendo eso, no había logrado extinguir el ansia que la consumía. Pero no dejaría que la consumiese en aquel momento, cuando había algo más que ella que guardar y defender.

–Y no me casé con Patrick por su dinero. De hecho, fue él quien se casó conmigo por eso.

Jalal había logrado anticiparse a los pensamientos de Lujayn durante los dos primeros años. Su patrón de comportamiento había cambiado desde entonces, pero siguió anticipándose. Y luego habían llegado los dos años siguientes. Nada había ocurrido como él esperaba desde entonces. Era como si le hubiese perdido la pista. Lujayn hacía cosas inesperadas, cosas para las que él no estaba preparado. Acababa de insultarlo, pero ese no era el problema sino que hablase con acertijos.

De repente, la frustración de los últimos cuatro años hizo que la tranquilidad que fingía se convirtiese en urgencia.

–Ibas a decirme la verdad. Así que, por favor, deja de ser tan críptica. ¿Qué quieres decir con eso de que Patrick se casó contigo por su dinero?

–No intento ser críptica a propósito. Patrick quería que su dinero no fuera a su familia cuando él muriese. Si tú eras su amigo, uno de sus mejores amigos según dices, deberías saber que la relación de Patrick con su familia era… patológica, por ser amable.

Jalal asintió con la cabeza. Tras la muerte de la madre de Patrick, su padre se había casado con una mujer que resultó ser la malvada madrastra de los cuentos y su maldad se volvió más evidente cuando tuvo hijos propios. Desde entonces, hizo todo lo posible por destruir la relación de Patrick con su padre e incluso para que lo borrase de su testamento. Sin embargo, Owen McDermott no lo hizo. Al contrario que muchos recién casados, veía con toda claridad los defectos de su esposa y sabía que sus hijos compartían con ella un odio absurdo hacia Patrick, de modo que fue a ellos a quienes borró de su testamento, dejándole a Patrick casi la totalidad de sus bienes, que él podía compartir si era su deseo.

Y había compartido, pero nada era suficiente.

–Patrick me contó la historia de su vida el día que nos conocimos –dijo Lujayn.

Jalal recordaba bien esa noche porque fue una de las pocas ocasiones en las que salió con ella. Fueron a cenar a un tranquilo restaurante y se encontraron con Patrick, que estaba bebiendo solo.

Jalal había recibido una llamada urgente durante la cena y Lujayn había llevado a Patrick a casa porque él estaba demasiado borracho para conducir. No le había preocupado dejarla sola con Patrick, convencido del interés exclusivo que tenían el uno en el otro.

Se le encogió el corazón al ver su expresión, como si recordase el pasado con anhelo y pena.

–Nos hicimos amigos esa noche y él empezó a ir conmigo de vacaciones a Irlanda, su país natal, al que no había vuelto desde que su madre murió. Pero encontró allí una nueva familia.

–La tuya.

–Así es. Se hizo muy amigo de mi padre, que le dio consejos para multiplicar su herencia, pero entonces su familia apareció exigiendo su parte... –Lujayn sacudió la cabeza, entristecida.

–Y él no quería seguir compartiéndola con ellos –lo enfurecía tanto su melancolía por otro hombre que Jalal apretó los puños–. ¿Estás diciendo que se casó contigo para dejarte el dinero a ti?

–A mí y a mi familia, las únicas personas en las que confiaba.

–¿Por qué habría querido confiarle su fortuna a nadie?

–No se trata solo de dinero. Patrick participaba en muchos programas benéficos y sabía que si su madrastra y sus hermanastros lograban hacerse con el dinero se lo gastarían de inmediato en algún paraíso tropical. No quería que tuviesen ninguna posibilidad de hacerlo.

–Gracias por la aclaración, pero eso no responde a mi pregunta. ¿Por qué buscar herederos alternativos cuando era tan joven? Era como si supiese que iba a morir. ¿Tenía problemas psiquiátricos? ¿Tendencias suicidas?

–¡Desde luego que no!

Su apasionada negativa le dolió. La angustia que había sentido desde que Lujayn lo dejó para casarse con Patrick le encogía el corazón. Entonces se había mostrado apasionadamente enfadada con él, pero en aquel momento lo trataba con frío desprecio. Patrick, sin embargo, había conseguido su cariño y su respeto, incluso después de muerto.

¿Habría estado equivocado sobre lo que había entre ellos?

–Patrick era la persona más buena que he conocido nunca. Y también la más cuerda.

Jalal sabía que era cierto. Admiraba a Patrick desde el día que se conocieron, quince años atrás, por su energía, su entusiasmo y sus opiniones progresistas, pero sobre todo porque era muy humano. Había sido la amargura por la ruptura con Lujayn lo que hizo que cortase toda relación con él. No solo la relación empresarial sino la personal.

Eso era lo que más había lamentado cuando murió, que no hubieran hecho las paces.

–Patrick tenía un cáncer de testículos que los médicos decidieron no operar –siguió Lujayn–. Tenía metástasis, el cáncer se había extendido por otros órganos vitales.

Jalal tuvo que tragar saliva. No sabía qué lo angustiaba más, esa revelación o la reacción de ella al recordarlo.

Parecía realmente desolada.

–Yo estaba con él el día que se lo diagnosticaron –murmuró, temblando–. Le dijeron que tenía un año de vida como máximo si seguía un tratamiento de quimioterapia, pero Patrick no quería pasar el tiempo que le quedaba en un hospital o sufriendo los efectos de una quimioterapia que no salvaría su vida. Quería estar con la familia que lo había tratado como uno de los suyos.

Algo dentro de Jalal se marchitó.

No lo sabía. No lo había sospechado siquiera. Estaba tan ciego de celos, de orgullo herido y de pasión frustrada que no se había molestado en investigar. Había decidido creer lo peor de Patrick y de ella...

Pero aquello exoneraba a Patrick, no a Lujayn, que tal vez había usado su enfermedad para que se casara con ella.

Sin embargo, lo importante era que en lugar de estar al lado de su amigo al final de su vida, se había convertido en un enemigo.

¿Podría estar inventándolo para exonerarse a sí misma?

Jalal la observó, rezando para que sus ojos le dijeran que no había sido tan ciego.

–Tú sabes que puedo conseguir los informes médicos.

Lujayn le devolvió la mirada, cargada de desprecio.

–Por eso tendrás que creerme, aunque no quieras. La bruja en la que tú quieres convertirme no sería tan tonta como para mentir sobre algo que puedes comprobar.

–Tienes razón –asintió él–. Patrick escondió su enfermedad para que su negocio no sufriera, llevándose miles de puestos de trabajo con él, por eso no supe nada.

Lujayn se volvió para secar discretamente sus lágrimas.

No quería que la viese llorar, pensó Jalal.

Nunca la había llevado a las lágrimas, ni en el placer ni el dolor, y eso demostraba que en lo que se refería a él, nunca había involucrado sus emociones.

–Pero la predicción de los médicos no se hizo realidad –siguió ella, dejándose caer sobre una silla–. Patrick vivió durante veinte meses antes de empezar a deteriorarse. Fue el mejor momento de nuestras vidas y, mientras tanto, nos decía lo que debíamos hacer con el dinero cuando él hubiese muerto. Cuando su salud empezó a declinar fue… muy doloroso, pero decidió no prolongar su agonía y la nuestra. Decidió acabar con todo en sus propios términos.

Jalal respiraba como si acabase de correr una maratón cuando por fin Lujayn quedó en silencio.

–¿Por qué no me lo contaste?

Ella levantó la cabeza, mirándolo con expresión incrédula.

–Solo piensas en ti mismo, en que Patrick te excluyó de su vida. ¿Por qué iba a decirte nada? Tú ya no eras su amigo.

–Porque no sabía lo que pasaba. No sabía qué lo había empujado a hacer lo que hizo.

–Si crees que la enfermedad hizo que te cerrase su puerta, te equivocas. Patrick estaba en posesión de sus facultades mentales hasta el final. Hizo lo que pensó que debía hacer, como yo, rompiendo una relación toxica que debería haber roto mucho tiempo atrás.

–Todo eso no importa ya. Ni entonces. Patrick estaba muriéndose y yo debería haberlo sabido. Yo debería haber estado a su lado.

Era la primera vez que Lujayn lo veía tan agitado.

–Si hubiera sabido que pensabas de ese modo, lo habría animado a hablar contigo. Pero no se nos ocurrió que te importase, más allá de un simple pesar por alguien con quien solías mantener cierta amistad.

Si sus palabras no lo hubieran dejado paralizado, Jalal se habría caído de espaldas.

–¿Eso es lo que pensabais de mí? ¿Que soy un sociópata, alguien que no sentiría nada al saber que su amigo estaba enfermo? Patrick no era solo alguien con quien mantenía «cierta amistad», era el único amigo de verdad que he tenido en toda mi vida.

–No lo sabía –dijo Lujayn–. No os vi juntos las veces suficientes como para juzgar qué clase de amistad era la vuestra y Patrick no me dijo nada.

–¿Cómo iba a demostrarte que éramos amigos? No nos vimos a menudo mientras estabas conmigo porque nuestra relación era un secreto –Jalal sacudió la cabeza–. Pero debí contarte en algún momento lo que Patrick significaba para mí.

–¿No recuerdas si lo hiciste o no? ¿Qué ha sido de tu infalible memoria? No, no lo hiciste. Y cuando él me ayudó a tomar la decisión de dejarte, pensé que sabía por experiencia que estaría mejor sin ti.

–Vaya, gracias a los dos. Es genial saber que teníais tan alta opinión de mí.

Pero la verdad era que había escuchado antes esas palabras. Haidar le había dicho algo parecido antes de que hicieran las paces…

–Nada explica que mantuvieras todo eso en secreto tras la muerte de Patrick.

–Tuve que mantener el secreto porque su familia intentó impugnar el testamento. Como Patrick murió de una sobredosis de barbitúricos, pensaban lo mismo que tú: que no estaba cuerdo cuando redactó el testamento. Las investigaciones policiales y los informes médicos eran confidenciales, de modo que su familia no pudo saber que tenía una enfermedad terminal. Debíamos mantener el secreto hasta el final.

Eso lo explicaba casi todo.

Lo único que no explicaba era cómo lo había dejado Lujayn. Quería estar con un hombre por el que sentía cariño, y seguramente también por razones económicas, pero no había necesidad de romper con él de manera tan dramática.

Decía que se sentía degradada, que eran diferentes, que su relación no tenía sentido. Pero aunque eso hubiera sido cierto una vez, todo había cambiado. Su situación, la de ella…

Si dos años antes había pensado que era más bella que cuando la conoció, en aquel momento su belleza había llegado a su máximo esplendor.

–Deberíais habérmelo contado. Me privasteis de la posibilidad de hacer algo por Patrick, algo que me hubiera gustado hacer con todo mi corazón. Pero ya es demasiado tarde y lo único que puedo hacer ahora es encargarme de que el legado de Patrick permanezca intacto. ¿Prometes aparcar nuestras diferencias y dejar que te ayude?

Esos ojos increíbles se clavaron en él, haciendo que se mareaSe de deseo. Luego, cuando asintió con la cabeza, Jalal dejó escapar un suspiro de alivio mientras se sentaba a su lado.

–Ahora tenemos que ponernos de acuerdo sobre algo más.

–¿Sobre qué?

–Tú tienes el código secreto de mi libido. Y yo tengo el tuyo –siguió–. En cuanto se refiere a la pasión y el placer, estamos hechos el uno para el otro.

Ella suspiró, resignada. Pero Jalal la miró a los ojos, exigiendo un consentimiento explícito y ella lo hizo. Con los ojos brillantes, se dejó abrazar por él, levantando la cara para recibir un beso carnal.

La feroz prensa que eran sus labios aumentó el deseo, apartando cualquier otra consideración.

Lujayn cayó al abismo mientras sus alientos se mezclaban. Su ropa desapareció ante las ansiosas manos masculinas...

–Desde el momento que pusiste tu mano en la mía, tú eres lo único que he deseado. Pase lo que pase, nada cambiará eso. Debo tenerte otra vez y tú debes tenerme a mí. Di que sí, Lujayn. Entrégate a mí, termina con mi sufrimiento y el tuyo.

–No.

Lujayn se apartó, jadeando.

Se volvió, sintiendo que el mundo se hundía bajo sus pies, sus manos temblando de manera incontrolable mientras se arreglaba la ropa.

–Alejarme de ti es lo mejor que he hecho en mi vida y no voy a... volver a caer en esa adicción.

Capítulo Cuatro

Jalal miraba la pantalla de su ordenador portátil. Algo no estaba bien…

Frunciendo el ceño, volvió a leer el documento que acababa de redactar. Todo estaba mal.

Era como si alguien decidido a sabotearlo hubiese escrito la página que tenía delante.

Pero ese alguien era él mismo, incapaz de olvidar a una mujer morena de ojos como la luna que lo tenía perpetuamente frustrado.

En otras palabras: en ese momento no debería tomar ninguna decisión importante porque no era capaz de pensar con claridad.

Jalal apagó el ordenador y se apartó de la mesa como si lo quemara. Había estado a punto de cometer un error colosal.

Suspirando, se dirigió al balcón para mirar el desierto, la voz de Lujayn en su cabeza.

«Aléjate de mí. Por favor».

Y se había alejado. Durante cuatro semanas.

Era lógico que estuviera desintegrándose.

Pero no se había alejado por una cuestión de honor o de respeto sino por ese «por favor».

Si Lujayn se hubiera ido de la suite sin pedírselo por favor la habría perseguido hasta que sucumbiera. Pero ese «por favor» y esa mirada de desesperación lo habían inmovilizado.

Era como si creyese que dejarse llevar por el deseo la destruiría.

Pero no entendía por qué. Y esa «degradación» de la que había hablado… Haidar no tenía ninguna razón para esconder su relación con la hija de un importante diplomático y él tenía que viajar al otro lado del mundo cada vez que quería ver a Lujayn.

Lujayn y él eran jóvenes cuando se conocieron y eso había reforzado la naturaleza esporádica de su relación. Mantenerla en secreto, considerando lo que su madre le hubiera hecho a Lujayn y su familia de haber sospechado algo, era lo más sensato.

Si no le gustaba su relación podría habérselo dicho, pero nunca lo hizo. De modo que era comprensible que no hubiese intuido su descontento. Y que no aceptase esa supuesta «degradación» o sus otras razones para dejarlo.

¿Por qué no admitía que había roto con él para estar con Patrick? ¿Por qué insistía en contar esa retorcida versión de la historia? No tenía sentido que se hiciera la ofendida.

Lujayn decía querer solo una cosa de él: que se alejase, que no volviera a buscarla. Pero el sentimiento de culpa era una atracción más. Si quería que se alejase no debería haberlo acusado de haberla tratado mal porque, a partir de ese momento, Jalal no podía dejar de pensar en ello.

Sin embargo, no podía negar que ese «por favor» había sido auténtico.

Había algo que no le había contado y para que se lo contase tenía que hacer una cosa: alterar la realidad. Al menos, la percepción de la realidad.

Y tenía medios para ello. La noche anterior, Fadi le había hablado de un descubrimiento sorprendente y Jalal había decidido usarlo para conseguir su objetivo. Y antes de cometer un error que provocase un problema en sus negocios, por no hablar de su cordura, tenía que ponerse en marcha.

Jalal sacó el móvil del bolsillo y, unos segundos después, escuchó una voz familiar:

—*Somow'wak*?

Jalal apretó los dientes cuando Fadi lo llamó «Alteza». No era solo un título para él; al contrario, significaba todo lo que no podía reclamar como suyo.

—Tengo nuevas órdenes concernientes a Lujayn Morgan.

Al otro lado hubo un largo silencio y Jalal frunció el ceño.

—¿Fadi? ¿Sigues ahí?

—*Ella, Somow'wak.*

—¿Has oído lo que he dicho?

Otro largo silencio, una rara muestra de opinión por parte de Fadi, que nunca cuestionaba sus órdenes.

—¿Está seguro, S*omow'wak*? Esas… intenciones podrían interferir con su campaña. Incluso podrían dañarla.

Por supuesto, eso era lo que preocupaba a Fadi y tal vez debería pensarlo.

—Esas son las órdenes, Fadi.

–¿Ha pensado en las consecuencias? Si me lo permite, yo puedo encontrar una idea alternativa que lo alejaría de cualquier escándalo.

Jalal sonrió, pensando en el éxito de su idea, con Lujayn de vuelta en su cama, en su vida.

–Esto es lo que necesito, Fadi. Y sí, estoy seguro. Nunca he estado más seguro de nada en toda mi vida.

Lujayn observaba al oscuro coloso que la miraba con expresión solemne.

Sabía que no era más grande que Jalal, pero mientras Jalal la hacía consciente de su feminidad, aquel hombre la hacía sentir… diminuta y vulnerable.

Aparte de eso, el jeque Fadi Aal Munsoori compartía muchas cosas con Jalal, ya que ambos hombres eran una fuerza de la naturaleza. Y como tal, entró en su casa y los hizo sentir a todos como si estuvieran a sus órdenes.

Sabiéndolo todo sobre Azmahar y todo sobre Jalal por su obsesiva investigación, reconoció a Fadi de inmediato. Y él se presentó como jefe de seguridad y director de la campaña de Jalal.

Fadi no estaba al servicio de Jalal durante su relación, pero estaba claro que lo sabía y la desaprobaba. De haber estado solos, Lujayn le habría dicho lo que podía hacer con su príncipe y con su probable futuro en el trono.

Pero eso fue antes de que Fadi hiciera su oferta, algo tan ridículo que Lujayn lo miró, atónita.

–No puede hablar en serio. El príncipe Jalal no puede querer…

Lujayn se dio cuenta de que su madre estaba a su lado, tan agitada como ella.

–*Somow'woh* ofrece las cosas en serio –dijo Fadi–. Le di la información hace ocho horas y él insistió en que viniese personalmente para hacer la oferta. Entiendo vuestras dudas, pero…

–No son dudas –lo interrumpió su madre–. Es una sorpresa. Yo nunca pensé que alguien volvería a sacar a la luz ese tema.

Fadi asintió con la cabeza.

–Habría quedado enterrado para siempre si el príncipe Jalal no me hubiera pedido que investigase. En cualquier caso, podrían olvidar sus reservas si…

–¿Pero es cierto? ¿Está hablando en serio?

Lujayn miró a su tío. Era la primera vez que hablaba desde que Fadi apareció y casi había olvidado que estaba allí.

Su tío había sido una vez un hombre tan hermoso como Jalal, pero diferente. Sus facciones habían perdido brillo con el paso del tiempo, como una espada oxidada. Siempre había cierto temblor en su voz, un temblor de resignación y derrota.

–¿El príncipe Jalal tiene las pruebas? –le preguntó a Fadi, tomándolo del brazo.

–Sí, *ya sayyed Bassel.* Cumpliendo sus órdenes, he encontrado las pruebas y el príncipe ha decidido que los miembros de su familia sean reinstaurados en *gabayel el ashraaf.*

Lujayn hablaba árabe a la perfección, especialmente el dialecto de Azmahar. Lo había aprendido a instancias de su madre, para quien el conocimiento del idioma era una forma de poder. Pero, por el momento, el poder había estado siempre en las manos de Jalal, que había usado su comprensión del idioma como otro elemento de seducción.

De modo que entendía lo que Fadi había dicho, pero no podía ser. ¿Desde cuándo los Al Ghamdis habían sido considerados entre las tribus nobles? Ellos pertenecían a una clase inferior, la clase que vaciaba ceniceros y servía a los príncipes.

–Un momento –dijo entonces, colocándose entre Fadi y su tío–. ¿De qué estás hablando?

Fadi se volvió para mirarla con gesto de desaprobación y su tío se volvió también, sus ojos pardos brillando de emoción.

–Nuestra familia está emparentada con la familia real.

–La antigua familia real –lo corrigió el jeque Fadi.

Lujayn miró de uno a otro de nuevo. Aunque aún no entendía esa revelación, la vehemencia de Fadi hizo que se pusiera alerta. También él estaba emparentado con la familia real, pero ninguno de sus miembros había logrado el afecto de la gente de Azmahar.

Pero eso no era lo importante en aquel momento.

–No entiendo.

–Los Al Ghamdi fueron una vez Aal Ghamdi –dijo su tío, arrugando la cara como si estuviera a punto de ponerse a llorar.

Esa pequeñísima diferencia cambiaba todo lo que sabía sobre la familia de su madre porque, habiendo sido una familia que servía, pasaban a formar parte de los *gabeelah,* los que eran servidos. Los *gabeelah* eran una tribu de guerreros al servicio de los reyes y solo estaban por detrás de ellos.

–Somos primos maternos de Aal Refa'ee.

Esa era la familia de la madre de Jalal, Sondoss, la otra rama del linaje real de Azmahar.

Lujayn miró de su tío a Fadi y luego soltó una carcajada.

–Tenéis que admitir que esto es… absurdo.

¿Qué podía ser más ridículo que descubrir que estaban emparentados con Sondoss? ¿Que su madre estaba emparentada con su antigua negrera?

Que ella estaba emparentada con Jalal.

–Disculpa, jeque Fadi –dijo su tío–. Nunca le contamos a nuestros hijos la verdad, de modo que es natural que Lujayn esté tan sorprendida.

–¿Sorprendida? –repitió ella–. Una sorpresa es cuando vas a visitarme a Nueva York, pero esto… esto es un cataclismo.

Fadi frunció los labios.

–La cuestión no te atañe a ti tan directamente como a tu tío y a tu madre. Fueron ellos los que sufrieron la desgracia de su familia, los que fueron desposeídos. Mientras tú puedes pensar que esto cambia la historia y vuestra identidad, es a ellos a quienes va a reivindicar.

Lujayn sacudió la cabeza, intentando contener su nerviosismo. Pero eso explicaba tantas cosas sobre el carácter de su tío y su madre.... ella había pensado que estaban amargados por culpa de la dureza de sus vidas, pero esa melancolía estaba relacionada con la injusticia y la opresión.

–¿Qué ocurrió? ¿Cómo pasasteis de parientes de la reina a ser sus criados?

–Es una larga historia –respondió su madre, apartando la mirada.

–No pienso ir a ningún sitio hasta que sepa la verdad.

Fadi levantó una mano para pedir silencio.

–Os agradecería que pospusierais el relato hasta que me haya ido.

Lujayn se volvió hacia él.

–Has venido en nombre del príncipe para hacernos una oferta y ya la has hecho. ¿A qué estás esperando?

Él enarcó una ceja.

–Una repuesta.

–¿Esperas que mi tío te dé una respuesta de inmediato?

–Lo que espero es que hable por sí mismo, no a través de ti.

Ella nunca había presumido de hablar por su familia, pero si tenía algo que ver con Jalal lo haría y la respuesta sería no.

Solo había una razón por la que Jalal hiciera esa oferta: ella. Y no pensaba dejar que utilizara a su tío y a su madre para volver a invadir su vida.

De modo que se volvió hacia su tío, rogándole con los ojos que no se comprometiera a nada.

–Por favor, trasládale nuestra gratitud al príncipe Jalal por su generosa oferta –dijo él, sin embargo–. Sería un honor y un privilegio apoyarlo en su campaña para llegar al trono.

Que su tío aceptara era lo último que Lujayn deseaba, pero la expresión de Fadi la sorprendió aún más. Estaba claro que eso no era lo que deseaba.

–Era una obligación y una cuestión de honor traeros la propuesta del príncipe. Pero, con objeto de facilitar la restauración de vuestro nombre, debo también asegurarme de que ninguna decisión de *Somow'woh* incline la balanza de esta delicada campaña.

Su tío asintió varias veces con la cabeza.

–Sí, claro. La prioridad es asegurar que los esfuerzos del príncipe no sean en vano.

¿Qué tenía Jalal que hacía que la gente fuera capaz de tirarse delante de un tren para complacerlo?

Ella sabía lo que era y lo odiaba por ello.

–Lo que os ofrezco es un sitio en mi equipo –siguió Fadi–. De ese modo, seríais valiosos para su campaña, pero eso aliviaría la fricción con otras personas del mismo rango.

Pensaba que la decisión de Jalal de asociarse con su familia era un error, eso era evidente. Y estaba intentando protegerlo de sí mismo, de lo que consideraba un paso en falso.

Aunque su tío estaba capacitado para ocupar un alto puesto ya que tenía un máster en Ciencias Políticas y otro en Dirección de Empresas. Pero Fadi había tomado en consideración la poco favorable percepción del público en una sociedad que secuestraba a la gente dividiéndola por clases. La reinstauración de su familia podría dañar la popularidad de Jalal y Fadi lo sabía muy bien.

Pero que no quisiera contaminar a su precioso príncipe le ofrecía una salida.

—Lo que tú digas, jeque Fadi —estaba diciendo su tío—. Estaré encantado de ofrecer mis servicios al príncipe Jalal en el puesto que considere más adecuado.

Él asintió con la cabeza, claramente aliviado.

—Me pondré en contacto contigo más adelante para darte toda la información de la que disponga.

Después de hacer una reverencia a su madre, hizo otra más corta e informal para Lujayn y se dio la vuelta.

Pero Lujayn lo siguió para hablar con él a solas.

—¿Crees que Jalal aceptará este cambio?

—No es algo por lo que debas preocuparte.

—Ahí te equivocas. Tú no nos quieres cerca de Jalal y yo preferiría vivir en otro planeta. Así que haz lo que debas hacer para reinstaurar a mi tío, pero quiero que estemos tan alejados de Jalal como sea posible… por el bien de todos.

Fadi la miró, incrédulo. Lo había sorprendido, estaba claro. Seguramente no podía entender que una mujer no deseara las atenciones del príncipe, pero no dijo nada.

Se alejó, y estaba casi en la puerta cuando escucharon un estruendo de gritos y risas, seguido de apresurados pasitos infantiles.

Fadi se volvió para mirarla mientras ella intentaba contener los salvajes latidos de su corazón. Pero después salió sin decir nada y Lujayn se apoyó en la puerta, llevándose una mano al pecho.

¿Por qué se había asustado tanto? Aunque lo hubiera visto no habría pasado nada. Si sospechaba algo, Fadi no habría dicho una palabra para no sabotear la campaña de Jalal.

Jalal acababa de lanzar una bomba que estaba a punto de hacer explotar a su familia y tal vez la única manera de desactivar tal bomba era con una revelación propia. Estaba segura de que si lo hiciera, Jalal olvidaría su propuesta.

No, pensó entonces. Aunque estuviera segura de que ese sería el resultado, no quería que lo supiera.

Suspirando pesadamente, volvió al salón con su madre y su tío, pensando que tenía dos propósitos: proteger a su familia de las manipulaciones de Jalal y hacer todo lo posible para que no descubriera su secreto.

Capítulo Cinco

La idea del jeque había fracasado. Fadi llamó una hora después para decir que Jalal insistía en su idea original y Lujayn tuvo la impresión de que el orgulloso príncipe ni siquiera lo había dejado presentar la sugerencia, aunque fuese en su propio beneficio.

Era de esperar. Jalal tomaba decisiones sin contar con nadie, sabiendo que todos lo obedecerían sin rechistar. Estaba a punto de preguntarle qué había pasado cuando su tío le quitó el teléfono.

Lujayn se quedó mirándolo mientras hablaba con Fadi. Era como si el hombre al que conocía de toda la vida fuese otro, tan animado y lleno de vida. Estaba reviviendo ante sus ojos.

Si no le contaban aquella larga historia lo antes posible iba a explotar de curiosidad. Pero, por el momento, ni su madre ni su tío habían dicho una palabra.

Su tío colgó el teléfono y se volvió hacia ella con expresión emocionada.

—El príncipe Jalal insiste en que yo sea su consejero personal y miembro de su futuro gabinete.

Lujayn sonrió, sarcástica.

—Está convencido de que será el rey, ¿verdad?

Su tío, sin entender el sarcasmo, asintió con la cabeza.

–Si los ciudadanos de Azmahar saben lo que es bueno para ellos, elegirán a Jalal.

–Pero todos sabemos que, en general, los seres humanos no suelen hacer lo que es bueno para ellos.

–Yo creo que tomarán la decisión acertada. El príncipe Jalal es nativo de Azmahar, pero también lleva sangre de Zohayd y es un líder natural. En resumen, es justo lo que necesita Azmahar.

–Lo mismo puede decirse de su hermano mellizo.

Su tío negó con la cabeza.

–El príncipe Haidar se ha apartado de la campaña para conseguir el trono.

–Pero su nueva esposa lo ha convencido para que vuelva.

Su tío no le preguntó cómo sabía eso.

–Pero aún no ha hecho público que quiera volver a hacer campaña para el trono. Solo ha dicho que lo aceptará si la mayoría lo elige a él. Si es una decisión seria y no una maniobra política, demuestra que no está ansioso de poder pero es capaz de hacer su trabajo. Además, no está haciendo promesas de reformas si se convierte en rey y eso es algo que no tiene ningún otro candidato.

Nunca había dejado de asombrarla que hasta que empezó a aconsejarlos sobre la herencia de Patrick, su tío nunca hubiera tenido un trabajo acorde con su talento y experiencia.

–Los esfuerzos del príncipe Haidar tendrían ventaja si los otros dos candidatos no estuvieran tan involucrados en reformas vitales para el país. De hecho, se dice que están involucrados en la primera campaña política de este estilo en toda la historia.

–Desde luego que sí. Son el primer trío que hace campaña para conseguir un trono, no una presidencia –asintió Lujayn–. Me pregunto por qué la gente de Azmahar quiere que continúe la monarquía.

–Porque antes del último rey, todo funcionaba bien. Ahora, si eligen a Jalal como el nuevo rey, él hará mucho más de lo que podría hacer como presidente. No se pueden cambiar las convicciones de todo un país sin pagar un precio muy alto por ello, como las democracias fallidas de la región han dejado bien claro. Pero no es por eso por lo que esta campaña es única sino por la actitud de los candidatos. En lugar de intentar convencer a la gente de que son los mejores y gastarse millones en la campaña, todos están demostrando que quieren lo mejor para Azmahar resolviendo los problemas ahora. Pero lo más importante es que están haciéndolo juntos, de ese modo han evitado la catástrofe del vertido de petróleo en las aguas del golfo.

Eso era algo que Lujayn no sabía y la sorprendió. Solo sabía que Haidar era el hermano mellizo de Jalal y la viva imagen de su bellísima y malvada madre.

Evidentemente, Haidar no carecía de humanidad como ella ya que estaba locamente enamorado de su esposa. Desde la romántica proposición a la maravillosa boda, parecía ser todo lo contrario.

Lujayn sabía menos sobre el tercer candidato, Rashid. Pero todos estaban haciendo lo que decía su tío: intentar resolver los problemas. Lo que la asombraba era que Jalal también lo hiciera, olvidándose de su ego y sus ansias de poder.

—Creo que tanto Haidar como Rashid han demostrado merecer el trono. Entonces, ¿por qué crees que Jalal sería mejor candidato?

—Mi convicción no es solo una corazonada —respondió su tío—. Mientras el jeque Rashid es un ciudadano nacido en Azmahar, héroe de guerra y con un poder formidable en el mundo de los negocios, no tiene relación alguna con Zohayd. Y, como es un hecho que Azmahar necesita que Zohayd sobreviva y prospere, eso es un problema para él. No tiene nada que hacer contra el hermano del rey de Zohayd.

—En cualquier caso, eso pone a Haidar y Jalal en la misma posición.

Él negó con la cabeza.

—Tú crees que el príncipe Haidar puede compararse con Jalal, pero no es así.

—¿Por qué no?

—Haidar tiene un problema: ha heredado el rostro de su madre. Y tú mejor que nadie deberías saber lo odiada que es su madre en Azmahar.

Sí, Lujayn lo sabía. Y, además, había sufrido su maldad en persona.

—Pero Jalal no tiene ese estigma —siguió su tío—.

Para nosotros, es más de Zohayd que de Azmahar y se parece a su padre, nuestro mayor aliado durante las últimas décadas. Además, el príncipe Jalal se parece mucho a su hermano mayor, el rey Amjad.

Lujayn miró a su tío, sorprendida.

—Parece que ha hecho muy bien eligiéndote a ti como asesor. Serías capaz de vendérselo hasta a su peor enemigo.

—Siempre he creído que era el mejor candidato. He admirado que pensara en Zohayd y que haya apoyado tantas causas benéficas en Azmahar antes incluso de tener la posibilidad de convertirse en rey. Pero ahora, después de lo que ha hecho por nuestra familia… —su tío, emocionado, apartó la mirada—. *Ya Ullah, ya* Lujayn, nunca podrás entender la enormidad de lo que ha hecho, el peso que me ha quitado de encima y que ha estado ahogándome toda mi vida. Si antes lo respetaba y admiraba, ahora le debo mi honor y el de mi familia. Jalal ha renovado mi deseo de vivir y estaré en deuda con él para siempre.

Y eso era lo que Jalal quería, por supuesto. ¿Qué mejor manera de insinuarse en su vida que inspirar algo de tal intensidad en su familia?

Pero Lujayn no creía que hubiera descubierto el secreto el día anterior. Seguramente lo sabía desde siempre y estaba utilizándolo para manipularlos. A partir de aquel momento, su tío y su madre se tirarían desde un acantilado por él…

Había conseguido lo que quería, como siempre.

Ella lo había dejado, pero Jalal había vuelto a entrar en su vida y tenía la certeza de que se quedaría allí mientras quisiera hacerlo. Mientras tanto, lo único que ella podía hacer era evitarlo en lo posible hasta que pudiera marcharse de Azmahar.

Y después, nada la haría volver.

Mientras tanto, no le diría nada a su tío sobre su nueva «deidad». Aunque ella sabía que acabaría en lágrimas, como todo lo referente a Jalal Aal Shalaan, no tenía corazón para matar el entusiasmo de su tío, de modo que se guardaría sus aprensiones para ella misma por el momento.

Aquello era algo que su tío y su madre necesitaban, algo con lo que ni siquiera se habían atrevido a soñar, y si despertaban a la fea realidad, no sería ella la culpable.

–… esta noche.

Las últimas palabras de su tío interrumpieron los pensamientos de Lujayn.

–¿Perdona?

–Me has oído bien. El príncipe Jalal nos ha invitado a su casa esta noche para celebrar que voy a formar parte de su equipo.

–*Marhabah ya bent el amm.*

La voz que había hecho eco dentro de ella durante gran parte de su vida adulta reverberó en el silencio de la noche. Tan suave como la madera pulida, tan serena como el desierto. Y decía:

«Bienvenida, prima».

Lujayn se dio la vuelta, sintiéndose acorralada.

–¡No es verdad!

Como respuesta a su vehemencia, Jalal pareció materializarse en medio de la oscuridad, amenazador y magnífico como siempre, sus ojos de color coñac reflejando las llamas de la antorchas del patio.

–¿No puedo llamarte lo que eres en realidad?

–No soy nada tuyo.

–Siempre has sido muchas cosas para mí –respondió él, con un brillo en los ojos y una sonrisa en los labios que le habían enseñado lo que era la pasión–. Pero hemos descubierto que eres más de lo que pensábamos.

–Descubrir que compartimos algunos genes nos hace tan parientes como los monos y los seres humanos –replicó ella.

–Imagino que yo soy el que está más abajo en la cadena evolutiva –bromeó Jalal.

–No…

Lujayn no sabía qué le estaba pidiendo. Y no quería que la desconcertase, no quería que impidiese que siguiera enfadada.

–¿No qué? ¿Que no me acerque? –susurró él, tomándola por la cintura–. Pero tienes razón sobre la cadena evolutiva, en lo que a ti se refiere al menos. Tú me conviertes en un ser primitivo que solo desea poseer, conquistar… –Jalal tiró de ella, aplastándola contra su pecho– buscar placer.

–No…

Los únicos signos de vida eran el murmullo de conversaciones que provenían del salón. Lujayn había visto guardias en las puertas, pero habían desaparecido. O tal vez estaban escondidos para que nadie pudiera verlos.

No, pensó. Jalal no haría eso si hubiese alguien mirando. El conductor se había marchado, seguramente cumpliendo órdenes...

Jalal le había tendido una trampa y estaba esperando, jugando con ella como una pantera atormentando a su presa.

–Quítame las manos de encima o tus invitados sabrán lo que ha pasado cuando te vean volver cojeando al salón –lo amenazó.

Jalal sonrió de nuevo.

–¿Esta vez me darás una patada? Me arriesgaría a eso y a algo peor con tal de tocarte de nuevo.

Lujayn lo fulminó con la mirada. Pero lo cierto era que cada mirada, cada caricia, cada palabra eran como un afrodisíaco.

–Y tú deseas lo mismo –siguió él.

Para demostrárselo, se apartó y Lujayn fue incapaz de dar un paso atrás.

Por mucho que su cerebro le dijera que se apartase, deseaba su proximidad. Y eso la enfurecía porque estaba haciéndole admitir su debilidad.

–Ya lo has pasado bien obligándome a venir aquí para que tuviera que soportar tus caricias. ¿Puedo irme ahora?

–Has venido por propia voluntad, yo no te he obligado. Y puedes vengarte como quieras, yo llevaré las marcas de tu pasión con orgullo... –Jalal la tomó de nuevo por la cintura, haciéndola sentir su erección–. Pero aún no lo he pasado bien.

–Deberías llamar a alguna de tus concubinas para que se encargase de… ese problema.

Jalal rio de nuevo.

–Tú eres la responsable de ese problema por no venir con tu familia.

No se le había ocurrido ninguna razón de peso para no acudir a la fiesta y estaba segura de que ni siquiera la auténtica razón sería suficiente para ellos, de modo que fingió estar arreglándose y cuando llegó el coche a buscarlos dijo que no había terminado y debían irse sin ella.

Había creído estar a salvo por esa noche, pero entonces su madre llamó por teléfono, diciendo que su ausencia había ofendido a Jalal y que iba a enviar un coche a buscarla.

Sabiendo que debía capitular, Lujayn había prometido acudir. Y allí estaba.

–Perdona que no ponga tus caprichos por encima de mis necesidades –replicó–. Venir a tu fiesta no era lo más importante para mí. Ni que mi tío vaya a estar a tu servicio de por vida.

–Si hubieras estado aquí durante las últimas tres horas habrías visto que tu tío y tu madre se sienten felices por nuestra futura colaboración.

–¿Es así como llamas a esta situación que tú has manufacturado?

–Yo no he creado esta situación, solo estoy aprovechando ese descubrimiento.

–Descubrir que hay una relación de parentesco entre nosotros, por muy insignificante que sea, es un desastre.

–¿Por qué? Tú sabes que tu familia fue deshonrada injustamente y esa rabia que tienes contra mí está emponzoñando tu vida.

–Y tú eres el benefactor que quiere administrar el antídoto por pura generosidad, claro –replicó Lujayn, irónica–. Mi familia es libre para estarte eternamente agradecida por tu benevolencia y yo soy libre para beber el veneno que me ofreces.

–Respira profundamente, Lujayn –le recomendó él–. Piensa en algo alegre.

–No puedo hacerlo. Tú no me has dejado ningún recuerdo alegre.

Jalal se puso serio entonces.

–¿No te parece una exageración? En fin, da igual. Nuestros problemas han quedado en el pasado y estoy dando un paso para eliminarlos.

–¿Qué quieres decir con eso?

Él se metió las manos en los bolsillos del pantalón.

–En nuestra última discusión, mencionaste las diferencias entre nosotros y eso hizo que me diese cuenta de que, aunque yo nunca pensé que las hubiera, tú sí lo pensabas. Pero esas diferencias, imaginarias o reales, ya no existen.

Lujayn lo miró, sorprendida.

–Si quieres decir que todo estaba en mi cabeza… eso es ridículo. Cualquiera vería que es cierto y que esas diferencias seguirán entre nosotros para siempre.

–No es cierto. Y, aunque para mí nunca han significado nada, las diferencias sociales que podría haber entre nosotros han desaparecido y eso es lo único importante.

–¿Estás diciendo que unos primos lejanos pueden equipararse con reyes y príncipes?

Jalal se encogió de hombros.

–También yo provengo de un linaje manchado. Soy el hijo de un rey depuesto y el de una infame reina. Tú vienes de una familia trabajadora y honesta, conocida por su valor y su honorabilidad.

–Ah, ya, claro. Te refieres a esa familia que perdió su honorabilidad y quedó reducida al servicio de la reina.

–Eso es el pasado –Jalal suspiró–. Tu familia recuperará su nombre y su sitio en el país. Seréis vistos con simpatía y respeto por todo el mundo.

–Y eso ocurrirá porque tú quieres que así sea.

–No, según las pruebas que ha encontrado Fadi.

–Quiero decir que tú has usado esas pruebas ahora porque te conviene.

–El momento es el más adecuado, sí, no puedo negarlo –respondió él–. ¿Estás sugiriendo que no debería haberlo hecho público porque resulta que a mí me viene bien?

Tenía una repuesta para todo. Podía retorcerlo todo a su conveniencia y quedar como el más lógico y honorable.

–Eres increíble –murmuró Lujayn–. ¿Estás haciendo campaña para conseguir un trono y pierdes el tiempo para acostarte conmigo? Estás llevando tu deseo de ganar este imaginario reto demasiado lejos, ¿no te parece?

Jalal volvió a encogerse de hombros.

–Aparte de que haría lo que fuera para acostarme contigo, habría hecho esto por cualquiera.

–Sí, seguro. Vas por ahí investigando a todas las familias de Azmahar para ver si se ha cometido algún error en el pasado.

–Hago lo que puedo cuando encuentro algún problema, sí.

–Pues lo mejor sería que dejases en paz a mi familia ahora y no más tarde.

–¿Crees que desposeeré a tu familia después de haberme acostado contigo?

–No, lo harás cuando sepas que no vas a volver a acostarte conmigo nunca más –replicó ella.

–¿Es esa la manera de dirigirse a un recuperado primo? –Jalal volvió a apretarla contra su pecho–. Tarde o temprano no podrás resistirte porque no encontrarás una razón para hacerlo. Yo ya he dejado de intentar olvidarte. Esta… afinidad que hay entre nosotros es imparable, *ya jameelati'l feddeyah*.

Jalal inclinó la cabeza para besarle el cuello, haciéndola temblar de arriba abajo.

–Vamos a estar juntos a partir de ahora. A través de mi apoyo para distribuir el legado de Patrick, a través de la relación de tu familia conmigo… –Jalal la aplastó contra su pecho– esto es algo de lo que no podemos escapar.

La lógica, el recelo, la hostilidad se esfumaron entonces, todo en ella anhelando apartar la camisa para tocarlo y clavar los dientes en su torso. Todo lo demás dejaba de tener importancia y solo quedaba el deseo de abrazarlo, de abrir los labios para aceptar su invasión, moverse debajo de él mientras la llevaba al éxtasis…

–Deberías dejar de luchar contra lo inevitable.

De repente, Lujayn salio de esa especie de hechizo que la llevaba a un abismo de lujuria y lo empujó, sus brazos como los de una muñeca de trapo. Y él dejó que lo empujase, mostrándole que solo estaba sujeta por su propio deseo.

–¿Qué es lo inevitable? ¿Otra aventura mientras estoy aquí?

Jalal tomó sus manos y las apretó contra su pecho, sus ojos ardiendo con la pasión que una vez ella había deseado con todas las células de su ser.

–Otra aventura durante el tiempo que los dos queramos. Si te marchas, iré a buscarte como he hecho siempre.

–Y el cambio en el status social que le has dado a mi familia y, por lo tanto a mí, es para no ensuciar tu imagen.

–Eso no es cierto.

A pesar de sí misma, esa respuesta y el brillo de sus ojos la emocionaron. ¿Podría ser que no le hubiera importado su estatus social, ni antes ni en aquel momento?

Pero de inmediato abortó tan absurdas conjeturas.

–Tienes mi palabra de que nuestra relación no será descubierta. Estoy intentando hacer algo por tu familia, y por ti, porque sé que habéis sido injustamente tratados.

De modo que, fuera quien fuera, siempre la vería como una relación ilícita.

Había limpiado el nombre de su familia no porque le importase o porque quisiera dejar que su apellido se uniera de alguna forma al suyo, sino para aplacarla. Para darle una falsa sensación de valor. Para hacer que se sintiera bien consigo misma y volviera a su cama sin las inseguridades del pasado.

Y eso era algo que había jurado no hacer nunca más. No, no dejaría que volviera a hacerle eso. Le había prometido a Patrick que no lo haría.

De modo que se apartó y él dejo caer los brazos.

—No me apartes de ti, Lujayn. El pasado es el pasado y no quiero volver a hablar de ello. Estamos aquí, ahora, y todo es diferente.

Ella pasó una mano por su pelo, temblando.

—Te equivocas, *somow'wak*. Nada ha cambiado. Al contrario, la situación ha empeorado. El sexo sin emoción es algo demasiado básico y esta vez podría terminar en una catástrofe.

Jalal apretó los puños para no abrazarla.

—¿Quién dice que no hay emoción? Para empezar, nos deseamos el uno al otro y juntos vamos a ver la reinstauración de tu familia.

—Claro, es incluso aconsejable… pregúntale a tu jefe de campaña. ¿Por qué no pones todo ese interés en convertirte en rey? Tienes a mi tío comiendo de tu mano, él te ayudará a llega al trono. Al contrario que yo, él cree en ti. Yo solo estoy aquí hasta que mi tía se encuentre un poco mejor…

—¿Tu tía?

–Parece que tus investigadores no han hecho un buen trabajo. Claro que eso no les interesaba, por supuesto.

–¿Qué le ocurre a Suffeyah?

Ella parpadeó, sorprendida por su supuesto interés. Incluso le sorprendía que recordase el nombre de su tía.

–Sufre un cáncer y ahora estamos esperando el tratamiento de quimioterapia. Pero para entonces, tú ya serás probablemente el rey de Azmahar, un país al que no tengo intención de volver en toda mi vida.

Él no dijo nada, mirándola en silencio, y Lujayn decidió aprovechar la interrupción.

–Me quedaré a la celebración por mi familia. Y si no piensas reconsiderar tu decisión sobre esa reinstauración y sobre la posición de mi tío después de conocer mi opinión, espero que al menos seas civilizado conmigo durante el resto de esta noche infernal. Después me marcharé y no volveremos a vernos. Espero que no vuelvas a buscarme, Jalal.

Él cruzó los brazos sobre el pecho.

–Pensé que tenías una razón para apartarte de mí, ahora estoy seguro de que es así. Hay algo más detrás de ese rechazo y seguiré buscándote hasta que me digas qué es...

–*Somow'wak.*

La voz suave que resonó en el silencio de la noche era de Fadi.

Su aparición hizo que Jalal apartase de ella la mirada.

Aprovechando esa distracción, Lujayn se dirigió hacia la terraza que llevaba al salón, del que salían una luz dorada, música y risas.

Mientras atravesaba el pórtico se volvió para mirar a Jalal y Fadi, que estaban observándola, cada uno con diferente intensidad.

Conteniendo su agitación y respirando profundamente, Lujayn entró en el bellamente decorado salón, sintiendo como si estuviera entrando en un escenario.

Se obligó a sí misma a sonreír mientras todos le daban la bienvenida y empezó a hacer el papel en el que Jalal la había arrinconado.

Jalal le hizo un gesto a Fadi para que se adentrasen en el jardín, pero antes de que pudiese decir nada, Fadi se adelantó:

–Puede que lamente contarte esto, pero creo que debes saberlo.

Era algo sobre Lujayn, lo sabía.

Y si era algo que iba a alejarla más, no quería saberlo.

Pero Fadi ya estaba hablando, ya estaba contándoselo. Y era demasiado tarde. Demasiado incomprensible, demasiado… imposible.

Después de que le diese el informe, Jalal lo miró, con la mente en blanco. En su cerebro solo cabían las cinco palabras que Fadi había pronunciado:

–Lujayn Morgan tiene un hijo.

Capítulo Seis

Jalal entró en el salón del que había salido media hora antes. Había pensado que volvería con un acuerdo para retomar su relación con Lujayn y la encontró siendo el centro de atención de los demás invitados.

Todos mostraron entusiasmo al verlo, pero ella lo miró como si nunca lo hubiese visto antes.

Y él la miró del mismo modo. Sentía como si estuviera mirando a una extraña. Una extraña con ojos de color cristal que vivía dentro del cuerpo de la mujer que había estado en sus pensamientos durante años. Demasiados años.

La mujer a la que había creído conocer, pero que era de repente una completa desconocida.

La mujer que nunca le había contado que tenía un hijo.

Aquella tenía que ser la respuesta que había estado buscando, el porqué de su rechazo.

Todos lo miraban, esperando que dijese algo, y Jalal miró a Bassel y Faizah, el tío de Lujayn y su mujer. Y a Badreyah, su madre, a la que veía por primera vez. Había decidido acercarse a Lujayn a través de aquellos que formaban parte de su vida.

Porque haría lo que fuera para tenerla de nuevo.

Pero, para su sorpresa, habían dejado de ser un medio para llegar a un fin en cuanto los conoció. Todo en ellos parecía genuino, sincero, y eso había restaurado un poco su fe en los demás. Le mostraban estima y gratitud sin humillarse. Eran gente agradable, educada. Las horas que había pasado en su compañía habían sido un placer que esperaba repetir a menudo.

Hasta que Fadi había aparecido con esa revelación.

Iba a restaurar su nombre y su honor en el país y la posición que había ofrecido a su tío, para la que estaba más que capacitado, seguía en pie. Pero cualquier otra interacción dependía de lo que descubriera sobre el hijo de Lujayn.

Ni siquiera le había preguntado a Fadi si era niño o niña. No le había preguntado la edad que tenía o de quién era hijo.

Aunque Fadi tuviera esas respuestas, Jalal no quería saberlo. No quería que se lo contase él sino Lujayn.

Y quería esas repuestas de inmediato.

Se sentía frustrado, desesperado por saber, pero todo eso daba igual. Tenía que proclamar su compromiso con los Al Ghamdi antes de nada.

Cuando todo el mundo tenía una taza en la mano y el aroma a café arábigo y cardamomo flotaba en el aire, Jalal se colocó en el centro del salón. Aparte del cuarteto que formaba la familia de Lujayn había catorce invitados más, cuatro hombres y tres mujeres con sus respectivos esposos.

Jalal miró de unos a otros, evitando mirar a Lujayn porque si la mirase, se olvidaría de todo lo demás.

Cuando levantó su taza, todos hicieron lo mismo.

–Gracias por acudir a mi llamada y por hacer que esta noche haya sido mejor de lo que yo había anticipado. Sabéis que esta noche estamos de celebración, pero dejadme que lo haga oficial –Jalal se volvió hacia Bassel, el tío de Lujayn–. Es un privilegio y un placer dar la bienvenida al jeque Bassel Aal Ghamdi a mi campaña. El jeque Bassel me ha honrado aceptando el puesto de consejero personal. Él coordinará nuestros esfuerzos y me informará directamente a mí o a Fadi.

Todos se volvieron hacia Bassel para estrecharle la mano o darle palmaditas en la espalda mientras él, su mujer y su hermana respondían con emocionadas palabras.

Jalal se aventuró a mirar a Lujayn y la encontró aceptando felicitaciones. Pero solo él se daba cuenta de que su sonrisa era forzada y que sus ojos brillaban de furia, no de alegría.

–Y aunque el jeque Bassel no ha querido hablarme de su experiencia –siguió Jalal–. Y os aseguro que yo he insistido durante toda la cena, creedme cuando os digo que hemos encontrado un aliado de incalculable valor para nuestro equipo. Agradezco mucho las circunstancias que lo han traído a nuestro pequeño grupo.

Los ojos de Lujayn se llenaron de furia. Evidentemente, a ella no le gustaban nada las circunstancias.

–Ahora, con la contribución del jeque Bassel, si no consigo el trono ya sabéis de quién es la culpa –bromeó.

Todos rieron, pero Jalal quería concluir antes de perder el poco control que le quedaba. Odiaba hablar de ese tema, pero necesitaba dejarlo claro, de modo que hizo un gesto, indicando que tenía algo más que decir y todos quedaron en silencio.

–Pero no solo he conseguido un apoyo valioso para mi campaña sino un pariente, uno que está de mi lado. *Ullah beye'ruff*, Dios sabe que no tengo demasiado ahora mismo y os necesito.

Todos rieron de nuevo, pero de manera más discreta.

–Y eso me lleva al tema más importante. Algunos de vosotros ya sabéis que al jeque Bassel y su familia les fue injustamente robado su apellido y su estatus social en Azmahar.

–En realidad, no todos los sabemos. Yo no lo sé –intervino Lujayn.

Solo ella podía interrumpir al príncipe para decir algo así y todos dejaron escapar una exclamación. Parecían pensar que lo había ofendido.

Jalal se volvió para mirarla.

–¿Quieres decir que nadie te lo ha contado?

–¿La famosa «larga historia»? No, nadie me la ha contado.

–Y este no es momento de contarla –intervino Bassel, poniendo una mano en el brazo de su sobrina.

A Jalal le gustaría gritar a todos que se fueran y lo dejasen solo con Lujayn. Que eso llevase a un nuevo principio o a un definitivo final, no tenía ni idea.

–Príncipe Jalal, disculpa a Lujayn –dijo Badreyah, su madre–. Ha sido una sorpresa para ella descubrir que le habíamos escondido esto durante toda su vida…

Él levantó una mano, incapaz de soportar que una señora se disculpase.

–No hace falta que me des explicaciones, jequesa Badreyah.

Jalal vio que se emocionaba. Había esperado que llamase a su hermano por el título de jeque, pero no que también se lo otorgase a ella, aunque era suyo por derecho.

–Vaya, entonces también yo soy una jequesa, ¿no? –replicó Lujayn, irónica–. Si es así, te doy permiso para que nunca me llames así.

Jalal se acercó de una zancada.

–¿Y cómo debo llamarte?

Ella lo fulminó con esos ojos de plata.

–Mi nombre es Lujayn y eso es más que suficiente.

Sus piernas se rozaban y Jalal podía verse entre ellas o poniéndolas sobre sus hombros y apoyándose en los brazos para no aplastarla mientras le hacía el amor...

Pero todos estaban mirándolos, sin duda notando la tensión que generaban al haber dejado de disimular sus emociones.

–Muy bien, Lujayn –Jalal pronunció cada sílaba, como saboreándolas, y sintió una oleada de satisfacción al ver que sus pupilas se dilataban–. Deja que te cuente toda la historia. Esta situación ocurrió en la época de tu abuelo y mi abuela.

–¿Quieres decir que tu abuela tuvo algo que ver?

–¿Algo que ver? –Jalal sonrió–. Podríamos decir que sí. Fue ella quien acusó a tu abuelo de robo y traición. Pero no temas, mi abuela tuvo compasión de él y cuando fue condenado pidió que lo expulsaran del país y le quitasen su apellido en lugar de enviarlo a la cárcel. Cuando tu tío tenía quince años y tu madre doce, vuestra familia perdió parte de su nombre, convirtiéndose en Al en lugar de Aal Ghamdi. Tu abuelo había sido el *kabeer* de mi abuelo, el jefe de la guardia real, pero después de que lo condenasen ni él ni si familia pudieron encontrar trabajo en toda la región. De nuevo, mi abuela se mostró humana y les dio empleo… como criados. Debido a la honorable historia de tu familia, se ordenó que nadie volviese a hablar de ello para que no tuvieran que revivir la desgracia recordando lo que habían perdido y, por supuesto, nadie volvió a mencionarlo.

Todos estaban en silencio, escuchando las palabras de Jalal mientras Lujayn lo miraba, perpleja e incrédula.

–Debería haber sabido que tu familia había tenido algo que ver. Tu madre es igual que tu abuela, ¿no?

–¡Lujayn, calla!

–Podrías tener razón.

–Tu abuela le tendió una trampa a mi abuelo, ¿verdad? Él no era culpable de todo eso de lo que se le acusaba. Era una cuestión personal y la única prueba era su palabra. Tú descubriste su inocencia sin ningún problema cuando te molestaste en limpiar la basura de nuestro apellido porque te convenía.

–Algo parecido –respondió Jalal.

Lujayn emitió un bufido que hizo exclamar a todos los presentes.

–¿Entonces por qué no se descubrió la verdad cuando ella murió? Ah, claro, porque tu madre perpetuó la mentira. Pero cuando nos fuimos de Azmahar… ¿por qué nadie dijo nada? ¿Por qué ha tenido que ser un descubrimiento accidental cuando investigabas con otro propósito?

–Lujayn, ¿qué te ocurre?

Lujayn miró a su tío antes de volver a mirar a Jalal.

–¿Cree que le estoy faltando al respeto, Alteza? ¿Cree que no debería enfadarme porque mi familia vivió décadas de deshonra y ruina gracias a la suya?

Bassel la tomó del brazo, agitado.

–Lujayn, guarda silencio.

Badreyah puso una temblorosa mano en su brazo.

–Lo que le ocurrió a nuestra familia no tiene nada que ver con el príncipe Jalal ni con su madre.

Lujayn se volvió para mirarla con el ceño fruncido.

–¿Ah, no? ¿Quieres decir que la reina Sondoss mostró compasión al tenerte como criada? Te privó de la educación que te correspondía y desde los catorce años tuviste que atender a todos sus caprichos y soportar sus crueldades.

El corazón de Jalal se encogió de vergüenza porque sabía que era cierto. Se sentía sucio por su madre, pero el sentimiento de culpa por no haberse molestado en descubrir antes la verdadera historia de Lujayn o los abusos de Sondoss lo empujaban a seguir adelante.

–Todo eso ha quedado en el pasado –insistió Badreyah–. En este momento, el príncipe Jalal ha descubierto la verdad y ha dado los pasos necesarios para restaurar a nuestra familia.

–¿Y se supone que debemos inclinarnos ante él? ¿O tenemos que ir más allá…?

–¡Lujayn!

El tono furioso de tu tío hizo que Lujayn guardase silencio, aunque seguía vibrando de furia.

En cualquier otro momento, antes de descubrir que tenía un hijo, Jalal hubiese admirado su valor. Pero tenía que terminar con la reunión ya no le quedaba paciencia.

Cuando miró a los demás, todos parecían desear que se los tragase la tierra.

–Gracias por venir y acompañarme en esta celebración. Nos veremos muy pronto para discutir las estrategias de la campaña, pero creo que es hora de dar por terminada la reunión.

Casi pudo escuchar un colectivo suspiro de alivio.

Lujayn fue la primera en moverse, sin mirar a nadie, como si no quisiera ver a ninguno de los presentes, tal vez ni siquiera a su familia.

Todos se despidieron con apretones de manos, aliviados por escapar de tan embarazosa situación. La familia de Lujayn, mortificada por su actitud, parecía lamentar haber insistido en que acudiera a la fiesta, pero él les aseguró que daba por terminada la reunión porque tenía cosas que hacer.

Entonces vio que Lujayn estaba a punto de salir a la terraza.

—He dicho que todos podían irse, pero eso no incluye a Lujayn.

Ella se volvió, indignada. Parecía dispuesta a lanzarse sobre él, pero una mirada a la expresión acongojada de su madre la detuvo.

Jalal había ganado, como siempre. Jalal Aal Shalaan sabía lo que debía hacer y cómo conseguir de ella lo que quería.

Él cerró la puerta del salón cuando se quedaron solos.

—¿Qué es esto, estoy detenida? —le espetó ella—. ¿Por levantarle la voz al amo? Nos has tenido aquí sentados como si fuéramos niños escuchando al profesor. Peor, como rehenes obligados a soportar a nuestro captor por miedo a perder la vida.

Jalal se detuvo a un metro de ella.

—Está claro que tú no te has visto obligada a soportar nada —le espetó, con voz de trueno.

Lujayn sintió un escalofrío. Era ridículo porque Jalal nunca le había dado miedo, pero aquella inexplicable intensidad en sus ojos la hacía temblar. Y la enfurecía aún más. Si pensaba que podía intimidarla, estaba muy equivocado. Ella no era como los demás. Le importaban un bledo el rango, el dinero o el poder del príncipe Jalal.

—Ya tienes suficiente adulación como para que a cualquiera se le revuelva el estómago. Siempre he sabido que tu familia se encargó de destrozar a la mía, pero descubrir los abusos y tener que escuchar los sórdidos detalles, acompañados de la gratitud de mi tío y mi madre, es intolerable. Solo lamento no haber dicho más antes de que mi sentido del decoro y el miedo de los demás me hayan hecho callar.

La ferocidad en la mirada de Jalal aumentaba con cada una de sus palabras.

—¿Qué hubieras dicho, Lujayn?

—En lugar de condenar a tu familia, te habría condenado a ti directamente. Al menos tu madre y tu abuela no intentaban engañar a nadie mientras subyugaban a mi familia. Eran abiertamente crueles, pero al menos les dejaron la dignidad de saber quién era su enemigo y odiarlo por ello. Pero tu pretendida generosidad es mucho peor ya que hace que ni mi tío ni mi madre vean los trucos con los que estás esclavizándolos.

Él seguía mirándola, en silencio, como si intentase leer sus pensamientos, descifrarlos. ¿Pero por qué, cuando ella estaba atacándolo? Tal vez debería ser más explícita, pensó.

—Debes pensar que has conseguido engañarlos,

pero a mí no me engañas. Así que disfruta de tu triunfo porque no se volverá a repetir. A partir de ahora, ellos saben que deben dejarme fuera de estos besamanos. Esto del príncipe de dos reinos solo funciona con los ciudadanos de Azmahar, programados desde su nacimiento para inclinarse ante la realeza. Hace tiempo dejé atrás las tendencias a inclinarme ante nadie. Tengo pasaporte americano y me da alergia la realeza.

–¿Eso es todo lo que eres, Lujayn?

Ella parpadeó. Ese tono de voz... nunca le había hablado en ese tono, como el sonido de un trueno. ¿Qué significaba?

–¿Qué quieres decir?

–¿No te dejas fuera algo de vital importancia?

Lujayn frunció el ceño.

–Si crees que aún tengo tendencia a inclinarme ante las familiares reales por haber nacido en Azmahar, te equivocas. Eso solo son unos genes y un pasaporte que no uso nunca.

–Estoy hablando de tu faceta maternal. Estoy hablando de los ingredientes que te convierten en madre.

Lujayn lo miró, horrorizada.

Jalal no sabía qué había sido, tal vez su inmovilidad o el pulso que latía en su garganta.

Pero todo eso decía una sola cosa.

La verdad.

El hijo de Lujayn era hijo suyo.

Capítulo Siete

Esa verdad fue como un puñal en el corazón de Jalal.

Lujayn había tenido un hijo.

Un hijo suyo.

–Jalal...

Paralizado, él la miraba con gesto de total incredulidad. Su corazón, su mente, todo lo que era concentrado en la enormidad de ese descubrimiento.

Unos minutos antes había tenido que hacer un esfuerzo para no echar a todos los invitados y formular el tratado de paz con Lujayn que deseaba con todas sus fuerzas. Y entonces solo era Lujayn, la mujer a la que había deseado más que a ninguna otra y con quien la paz parecía un espejismo imposible.

Pero ya no era solo Lujayn sino la madre de su hijo.

Ya no eran amantes discutiendo, intentando equilibrar eternamente la balanza de poder en la relación o controlando la abrasadora pasión que había entre ellos sino mucho más. Compartían algo eterno.

Compartían una vida. La habían compartido desde que Lujayn concibió a ese hijo que le había escondido.

Lujayn se dio la vuelta bruscamente. Pero no iba a dejarla ir y se lanzó tras ella para tomarla por los hombros, sintiendo como si estuviese tocando un cable pelado.

–Deja de luchar, Lujayn.

¿Era esa su voz? ¿La de una bestia herida?

–No voy a permitir que te alejes de mí. Esto ya no es un juego entre los dos.

–Gracias por admitir que siempre ha sido un juego. Pero tienes razón, yo no estoy jugando. El juego ha terminado, Jalal.

Él tuvo que apretar los dientes para contener su rabia.

–Has sido tú quien ha jugado conmigo. No me habías dicho que teníamos un hijo.

La miraba a los ojos y Lujayn ya no podía disimular su miedo.

–No digas tonterías.

–No solo tienes un hijo mío y no me lo habías dicho sino que nunca pensabas contármelo.

Allí estaba, en sus ojos, la verdad.

Y Jalal se dio cuenta de que había esperado alguna señal, tal vez un brillo de indecisión que le dijera que había pensado contárselo en algún momento, que ese silencio le había pesado como una carga.

No era así.

Jalal soltó sus hombros y dio un pasos atrás, asombrado de su crueldad.

–*Ya Ullah, ya Lujayn… b'Ellahi… laish?* ¿Por qué?

Lujayn apartó la mirada, la consternación dando paso a una fortaleza inesperada.

–La cuestión es por qué debería habértelo contado.

–¿No se te ocurrió que yo tenía derecho a saberlo?

Ella irguió los hombros.

–Seguramente habrás tenido una docena de hijos con tus amantes. ¿Qué importa uno más?

Jalal se llevó una mano al pecho, casi convencido de que iba a encontrar allí su corazón roto.

–¿Eso es lo que crees? ¿Que soy tan promiscuo que me da igual con quién me acuesto? ¿Que mantengo relaciones sin protección y no me importa si voy dejando hijos por el mundo?

–El sexo seguro no era una de tus consideraciones conmigo, ¿por qué voy a pensar que era diferente con otras mujeres?

Solo había ocurrido con ella, pensó Jalal. Lujayn era virgen cuando se conocieron y ella misma decidió tomar la píldora. Y él había pensado que quería disfrutar por completo de la intimidad…

–¿Crees que no me importan las consecuencias o los hijos que pueda tener?

–¿Entonces te importa? ¡Menuda sorpresa! –exclamó Lujayn–. Qué generoso por tu parte aceptar ocasionalmente la paternidad de algún hijo. Es una suerte que yo no necesite tu generosidad. Y tampoco Adam.

Todo lo que se había perdido durante ese tiempo era como una soga que lo sofocaba y, por primera vez en su vida, Jalal Aal Shalaan supo lo que era sentirse impotente.

Esa parte de la vida de su hijo había pasado y nunca podría recuperarla.

Lujayn debió notar en su cara la angustia y la derrota, pero no parecía afectarla.

—No finjas que esto es algo que hayas deseado y menos conmigo. Ni siquiera salíamos juntos en público, ¿por qué ibas a querer tener un hijo conmigo?

—Lujayn…

—Pero no ha sido culpa tuya. Seguramente pensaste que seguía tomando la píldora, pero no es así. Dejé de tomarla cuando me casé con Patrick.

De modo que si hubiera podido elegir, el niño sería hijo de su marido. Solo lo había tenido con él por error.

—Pero tras la muerte de Patrick, el sexo dejó de interesarme y cuando aparecise en mi casa y terminamos en la cama no se me ocurrió pensar… —Lujayn sacudió la cabeza—. No es asunto tuyo que quedase embarazada. Adam no es asunto tuyo como nunca lo he sido yo.

La amargura lo ahogaba.

—¿Tú no eres asunto mío? No ha habido un momento, ni despierto ni dormido, en el que haya podido dejar de pensar en ti, de desearte, de estar obsesionado contigo.

—No exageres, por favor. Mientras estábamos juntos tú pasabas semanas, a veces meses, sin acordarte de mí.

—Nunca me alejé de ti por decisión propia y cuando estábamos separados me obsesionaba volver contigo. Y cuando me dejaste para casarte con Patrick respeté tu decisión... hasta que pensé que podría recuperarte.

–Y fuiste a los Hampton para cerrar el círculo o para acostarte conmigo una vez más, no para tener un hijo.

–Me decía a mí mismo que había ido para olvidarte por completo, pero lo que realmente quería era olvidar esta amargura y volver contigo.

–Tú nunca has querido estar conmigo de verdad.

–Esa es tu versión. O tal vez sea la verdad para ti, pero no para mí. He sido tuyo desde el principio.

Lujayn lo miró como si la hubiera golpeado. Cuando habló, su voz sonaba estrangulada:

–¿Estás diciendo que durante nuestra aventura solo te acostabas conmigo?

–Sí.

–No te creo.

–¿Qué pudo haberte hecho dudar de mi fidelidad?

–No lo sé, tal vez la docena de jóvenes, todas de tu clase, con las que te fotografiaban en todas tus apariciones públicas mientras a mí me tenías escondida.

–Esas mujeres me buscaban por quien soy, no por mí mismo. Yo no estaba interesado en ninguna de ellas, pero no podía negarme a acompañarlas porque quería evitar las especulaciones. Te lo dije muchas veces –replicó Jalal, decepcionado al ver en sus ojos que no lo creía–. ¿Pensabas que me acostaba con todas ellas, pero me recibías con los brazos abiertos cuando volvía contigo?

–Patético, ¿verdad? Y lo más enfermizo de todo es que lo hubiera seguido haciendo indefinidamente de no haber sido la única mujer con la que no querías aparecer en público.

Jalal hizo una mueca.

–Me dejaste y pusiste a Patrick, mi amigo, en mi contra.

–No fui yo sino tus prácticas poco éticas en los negocios lo que cultivó su enemistad.

–¿Patrick te dijo eso?

No, Patrick no le había dicho eso, Jalal estaba seguro. No le importaría decirlo para hacerle daño, pero Lujayn no era capaz de mentir. ¿Ese odio era dirigido solo contra él o estaba pagando por toda su familia?

–Patrick solo hizo que me enfrentase con cosas que había querido evitar. Por ejemplo, cómo me habías manipulado a tu conveniencia haciendo que me convirtiera en tu juguete. Yo apliqué tus propios métodos y extrapolé la razón por la que Patrick dejó de hacer negocios contigo. ¿Por qué si no hubiera aceptado pérdidas millonarias?

–¿No se te ocurrió pensar que Patrick estaba celoso de mí y quería alejarte de mi vida? –Jalal se pasó una mano por el pelo–. Y yo pensando que era un buen amigo y un hombre honorable… mientras él intentaba alejarte de mí a toda costa. Y lo consiguió.

–Deberías haber estado contigo para que Patrick

me alejase de ti, pero tú y yo nunca fuimos una pareja.

–*B'Ellahi*, eso es mentira. Tú estabas más cerca de mí que ninguna otra persona.

–Eso deja claro lo superficial que eres. No tienes una relación verdadera con nadie, empezando por tu hermano. En cuanto a lo que compartimos tú y yo, no se parecía en nada a una verdadera relación.

–¿Y qué crees que hacía contigo durante cuatro años?

–Cualquiera que te oyese pensaría que vivíamos juntos. ¿Sabes cuántos días de esos cuatro años estuvimos juntos?

Se le encogió el corazón al ver otra prueba más de la diferente percepción que tenían del pasado. Cuántas cosas tenía en su contra de la que él no sabía nada.

–¿Los has contado?

–Entonces, no, pero lo hice después. Conté las cancelaciones a última hora, cuando tenías una reunión y no podías regalarme tu presencia. Actuabas con la convicción de que mi vida y mis compromisos no tenían la menor importancia.

–Nunca me dijiste que tuvieras que cancelar reuniones o planes de ningún tipo por mi culpa.

Lujayn dejó escapar una risotada amarga.

–Es que no me escuchabas. O lo hacías y que yo lo dejase todo para estar contigo alimentaba tu ego.

¿Habían vivido el mismo pasado?

–Me hacías sentir importante y pensé que, al contrario que los míos, tus planes eran flexibles.

–Y lo dices tranquilamente, es increíble –replicó Lujayn–. ¿Pensabas que una chica que intentaba ser modelo en un mundo de mujeres tan guapas o más que yo podía permitirse el lujo de cancelar sesiones de fotos?

–No lo sabía.

–Mientras el príncipe por quien todo el mundo se sacrifica no podía cambiar de planes por una simple mujer, claro –siguió ella–. Si te hubieras parado a pensar un momento habrías visto la verdad, pero no te molestaste. Lo tenías todo controlado y organizado para tu conveniencia. Tus juegos, tus torneos deportivos, tus amistades políticas y, cuando necesitabas relajarte, me llamabas a mí, esperando que siempre estuviera lista. Y yo estaba allí siempre.

Estaba creando una agonía con cada palabra.

–Entonces, ¿pensabas que no me importabas? ¿Pensabas que un hijo tuyo no me importaría? ¿Por qué no me lo dijiste, Lujayn?

–Porque de este modo Adam era solo mío y tu reacción a su existencia no… no lo ensuciaría.

–¿Qué quieres decir con eso?

–Pensé que si lo rechazabas, él lo notaría y no quería que fuera así.

–Me has pintado como un ser explotador y egoísta del que era mejor alejar a nuestro hijo para tener la conciencia limpia. Luego me has condenado como si fuera un monstruo sin sentimientos para justificar que me hayas privado de mi hijo.

Lujayn lo miró, en silencio, respirando agitadamente.

–¿Estás disgustado de verdad?

–¿Disgustado? –repitió él, con una risa amarga–. ¿Disgustado?

Jalal puso una mano sobre su corazón, sintiendo que se había roto en mil pedazos.

–Pensé que no querrías saber nada –dijo Lujayn–. No sabía que aceptarías un hijo mío. Te fuiste aquel último día diciendo que ibas a borrarme de tu memoria para siempre.

–Tú acababas de decir que me odiabas y que te odiabas a ti misma por estar conmigo. Dijiste eso después de que yo te dijera que no podía olvidarte, cuando casi acabábamos de morir de placer el uno en los brazos del otro. ¿Qué esperabas que dijese? Si me hubieses dado alguna esperanza no me habría rendido. Y si me hubieras dicho que estabas embarazada de Adam… Habría estado a tu lado durante cada segundo. Habría estado ahí para ti y para él durante todos esos meses. Y tú me has privado de eso.

Lujayn dio un paso adelante para sentarse en uno de los sofás.

–Yo no sabía… no pensé… –murmuró, enterrando la cara entre las manos.

Jalal vio que lloraba y cayó de rodillas ante ella, tomando sus temblorosas manos.

–Lo siento mucho…

Él puso un dedo sobre sus labios para silenciar la disculpa. No podría soportarlo. No la merecía.

Solo necesitaba una cosa.

–Quiero ver a mi hijo, Lujayn. Llévame con él.

Capítulo Ocho

Lujayn se levantó de un salto, secando sus lágrimas de un manotazo.

—No puedo hacer eso.

Él se levantó también, mirándola con gesto de incredulidad.

—¿Incluso ahora persistes en querer privarme de mi hijo? *Zain, kaif ma tebbi...* como tú desees. Solo te lo he pedido por cortesía. No necesito tu permiso ni tu cooperación para ver a mi hijo. Llamaré a tu tío y le pediré que me traiga a Adam ahora mismo.

Lujayn se lanzó sobre él, agarrando su brazo con gesto urgente.

—No puedes hacer eso. Ellos no saben que tú eres su padre.

—¿Les dijiste que era hijo de Patrick?

Lujayn se ruborizó.

—No, ellos sabían que no podía ser hijo suyo. Les dije que era de otro hombre, alguien a quien ellos no conocían.

¿Cada cosa que decía iba a dolerle un poco más?

—¿Y ellos lo aceptaron?

Lujayn hizo una mueca.

—Sí.

—¿Tienes fotografías del niño?

Los ojos de Lujayn se iluminaron como si le hubiera lanzado un salvavidas. Dio un paso atrás para sacar el móvil del bolso y, con manos temblorosas, empezó a enseñarle fotografías del niño.

Pensaba que solo quería eso, pero no sería la primera y única vez que viera a su hijo, se juró Jalal a sí mismo.

–¿Tienes fotos tuyas de cuando estabas embarazada?

–Entonces no estaba en condiciones de posar para fotos. Había decidido tener a Adam, pero no era una ocasión exactamente…

–¿Feliz?

Ella asintió con la cabeza.

–¿Te quedaste en los Hampton mientras estabas esperando a Adam?

Sabía por los informes de Fadi que había puesto en venta la mansión más o menos cuando estaba a punto de dar a luz y había hecho que Fadi la comprase a través de una sociedad, para que Lujayn no se negase a venderla al saber que él era el comprador. Pero imaginarla embarazada de su hijo en la casa de Patrick era otra herida en su corazón.

–Marcharme de Estados Unidos fue lo primero que hice al descubrir que estaba embarazada. Allí me conocía demasiada gente y no quería que nadie lo supiera.

–Te refieres a mí. No querías que yo lo supiera.

Lujayn dejó escapar un suspiro.

–No eras tú quien me preocupaba sino tu madre.

Que mencionase a su madre era lo último que Jalal había esperado.

–¿Por qué te preocupaba que ella lo supiera?

–Porque ella habría sabido de inmediato que era hijo tuyo.

–¿Por qué? –insistió Jalal, sin entender–. Cuando tu madre se marchó de Azmahar, mi madre dejó de tener contacto con tu familia... y seguramente nunca tuvo ningún interés de todos modos. ¿Por qué crees que ella hubiera sabido que estabas embarazada? Y aunque así fuera, tú habías estado casada y mi madre no iba a saber exactamente de cuántos meses estabas –Jalal sacudió la cabeza–. ¿Qué estoy diciendo? Ella no hubiera sospechado nada. No hay ninguna razón para que sospechase que yo soy el padre de Adam porque no sabía nada sobre nosotros.

–Ella lo sabía todo –afirmó Lujayn.

Tal afirmación lo dejó sin habla. El tiempo pareció detenerse.

Su madre lo sabía.

¿Pero cómo? ¿Y quería saberlo? Había descubierto ya demasiadas maldades de su madre. ¿Podría soportar una más?

Sí, pensó. Se lo debía a Lujayn, a ellos, a su hijo.

Y sin embargo...

–Me resulta imposible creer que ella supiera lo nuestro y no hiciese nada al respecto.

–Puedes creer lo que quieras.

–No estoy diciendo que no te crea, solo que me sorprende que mi madre supiera algo sobre nuestra relación. Ella es la razón por la que quería que fuera un secreto…

–¿Por qué?

–Porque mi madre siempre ha sido capaz de hacer que todo lo que me importa desaparezca de mi vida. Fue peor con Haidar, *qorrat enha,* el niño de sus ojos, y terrible con Roxanne. Sabía que a mí me haría lo mismo porque ella no aprueba a nadie, pero tú….

Lujayn hizo una mueca.

–Yo era la hija de una criada, ya lo sé.

–Nunca fuiste eso para mí, pero sí lo eras para ella y temía que interviniese.

–¿Pensabas que podría hacerle daño a mi familia?

Jalal dejó escapar un suspiro.

–Estaba seguro de que lo haría.

Lujayn se encogió de hombros.

–Tu madre lo sabía.

–Y, sin embargo, a mí nunca me dijo nada –murmuró Jalal.

Muy bien, otra sorpresa más en un día lleno de ellas.

–Me dijo que te había felicitado por ponerme donde debía estar: lejos de ti, sin reconocerme como tu pareja. En mi sitio.

–¿Mi madre te dijo eso? –exclamó Jalal, incrédulo–. ¿Cuándo?

–Hace seis años.

Cuando Lujayn había empezado a mostrarse enfadada por cualquier cosa. Empezaba a entenderla y casi le pareció un milagro que no lo hubiera dejado entonces. Que hubiese tardado más de dos años en hacerlo después de hablar con su madre…

De modo que Sondoss había logrado arruinar algo vital para él, mucho más de lo que podría imaginar.

–Yo nunca le dije eso a mi madre. De hecho, pensé que no sabía lo nuestro. Ahora entiendo que mis actos pudieran ser interpretados de ese modo, pero nada de eso es verdad.

Lujayn se abrazó a sí misma como si tuviera frío de repente.

–Decía estar orgullosa de ti por haberme puesto en mi sitio. Creía que tú habías hecho lo que ella había prometido hacer.

Él sacudió la cabeza, atónito.

–¿Cuándo dijo que te pondría en tu sitio?

–Diez años antes de que te conociera.

Lujayn tenía once años cuando su madre la amenazó…

Jalal tuvo que dejarse caer en el sofá, temiendo que las piernas le fallaran.

–En uno de sus viajes a Estados Unidos, llamó a mi madre. Ella no quería responder a su llamada, pero no se atrevió a desobedecerla y me llevó con ella. Tu madre exigió que abandonase a su familia y volviera a su servicio –Lujayn tragó saliva–. Yo no podía entender que mi madre soportase a una tirana así, pero se quedó allí, con la cabeza inclinada, aceptando las crueldades de tu madre en silencio. Sondoss decía que con su patético intento de independencia solo había conseguido un marido que siempre estaba cargado de deudas, que había dejado un trabajo bien pagado como dama de compañía de una reina para ser la criada de un vagabundo y de sus hijos. Yo vi que mi madre se encogía y no pude soportarlo.

Tampoco él podía soportarlo. ¿No había fin para la maldad de aquella mujer?

¿Había tenido alguna vez una oportunidad con Lujayn después de eso? Él debía estar inextricablemente unido en su memoria a aquella mujer.

–Me coloqué delante de mi madre –siguió Lujayn– como para protegerla. Ella intentó detenerme, pero yo me acerqué a tu madre y le dije que nunca había visto a nadie más bello y más malvado a la vez. Le dije que era fea por dentro y que mi madre se había ido de palacio porque la odiaba como la odiaba todo el mundo. Y podía entender por qué. Luego, le dije a mi madre que no la dejaría volver a trabajar para aquella bruja, que lo dejaría todo, mis clases de ballet, de piano, y me pondría a trabajar para ayudarla.

Jalal podía imaginarla, una niña de once años defendiendo a su madre de un dragón que echaba fuego por la boca.

–Sondoss me miró sin decir nada durante unos segundos –siguió Lujayn–. Y luego me dijo que, como princesa antes de casarse y reina después de su matrimonio, era su obligación poner a la gente en su sitio. Para hacerlo hacía falta tiempo y paciencia, pero ella no tenía prisa y nunca olvidaba un propósito. Me dijo que algún día me pondría en mi sitio, por mucho tiempo que tardase en hacerlo.

Jalal hubiera querido gritar: ¡ya está bien! Pero sabía que Lujayn no había terminado de desahogarse. Y tenía que hacerlo de una vez por todas.

Apretando los dientes para contener el dolor que sentía en el pecho, le hizo un gesto para que siguiera.

–Yo era demasiado joven y no crei que alguien pudiera ser tan vengativo. Mi madre le suplicó que me perdonase a mí por mi juventud y a ella porque no podía dejar a su familia. Sondoss solo dijo que cambiaría de opinión cuando la vida con nosotros, su miserable familia, le resultase insoportable.

–¿Qué ocurrió después?

–Mi madre estaba destrozada y siguió así durante un año. Mi padre perdió su trabajo y no pudo encontrar otro. Pronto, cuando la situación se volvió insostenible como tu madre había predicho, mi madre tuvo que volver a servirla y mi padre decidió irse a Irlanda con su familia. Ella se llevó a mis hermanos pequeños mientras yo me fui con mi padre, dividiendo a la familia. Mi padre le pidió que me llevase a mí también, pero ella sabía que si lo hacía, tu madre encontraría la manera de «ponerme en mi sitio». Lloré durante días, suplicándole que me llevase con ella y con mis hermanos, pero mi madre sabía que no podía hacerlo porque Sondoss nunca olvidaba ni perdonaba. De modo que tu infalible memoria debe ser parte de tu herencia materna.

Él ya sabía que su madre había orquestado muchas conspiraciones. ¿Por qué esa nueva crueldad le parecía sorprendente?

Pero lo era. Otras conspiraciones estaban justificada por sus hijos, aquellos a los que consideraba merecedores de un trono. Pero lo que le había hecho a la madre de Lujayn y su familia era por pura malicia.

Lujayn secó una errante lágrima.

—Mi madre prometió que solo serían un par de años. Sondoss era una negrera, pero pagaba bien a sus criados, de modo que pensaba ahorrar para que mi padre pudiese abrir la empresa propia con la que siempre había soñado. Pero como si conociera sus planes, tu madre le ofreció un salario muy bajo con el que apenas podía mantener a mis hermanos.

Su madre debía haberlo sabido. Sondoss siempre lo sabía todo y lo utilizaba como le convenía.

—Mi padre perdía todos los trabajos que conseguía y estaba desesperado. Pensaba que todo iba bien y, de repente, lo despedían. Creía que estaba gafado.

Un gafe llamado Sondoss, pensó Jalal. Pero si Lujayn no había sacado esa conclusión sería mejor no decir nada. No tenía sentido infectarla con más odio hacia su madre.

—Yo tuve que dejar mis estudios a los catorce años y ponerme a trabajar, pero cuando cumplí los dieciocho sabía que los trabajos que conseguía no iban a servir de nada. No podía pagarme la universidad, pero necesitaba un título para conseguir un trabajo bien pagado... necesitaba algo para lo que no hiciese falta un título universitario, algo con lo que ganar mucho dinero y hacerlo rápidamente.

—Por eso decidiste ser modelo —murmuró Jalal.

—Siempre había gente diciéndome que era muy guapa y exótica, que podría ser modelo, pero no fue tan fácil. Tardé un año antes de conseguir mi primer trabajo y me pagaron lo suficiente como para comprar algo de ropa para los castings y una botella de champán barato para celebrarlo con mi padre. Aunque no había mucho que celebrar.

—¿Por qué no?

—El mundo de las modelos no es tan fácil como la gente cree. Muchos intentan engañarte y me encontré en alguna situación… incómoda. Así que decidí admitir la derrota y buscar un trabajo como recepcionista. Pero entonces volví a encontrarme con Aliyah. Ella me ofreció ayuda económica y cuando la rechacé decidió enseñarme a «pescar» por así decir. Acogiéndome bajo su ala, me presentó a mucha gente del mundo de la moda y empecé a ganar dinero por fin. Cuando pude pagar algunas de las deudas de mi padre, pensé que mi vida por fin iba bien encaminada. Y entonces te conocí a ti.

Jalal tragó saliva. Lo decía de una manera… lo que él consideraba el mejor recuerdo de su vida, Lujayn lo consideraba el peor.

—Me quedé horrorizada. Eras el hijo de Sondoss, la mujer que nos había hecho la vida imposible y la razón por la que había perdido a mi familia y tal vez jamás volvería a verlos. Pero te encontraba tan fascinante. Te había visto desde lejos tantas veces…

–¿Ah, sí?

–Había ido a Azmahar muchas veces para visitar a mi madre, cuando la tuya no estaba en el país. Y luego, después de nuestro primer encuentro, descubrí que no podía pensar en nada más. Me decía a mí misma que en cuanto te dijese quién era serías tú quien me dejara...

–Y me lo dijiste.

–Sí, pero tú no me dejaste como había pensado. Y yo te deseaba tanto, aun sabiendo que no debería. Sentía que estaba traicionando a mi familia, no solo por estar con el hijo de Sondoss sino porque no estaba portándome como la persona a la que habían educado. Me sentía avergonzada de hacer todo lo que tú querías, por acomodarme a tus caprichos. Me alejé de ellos porque no podía soportar la vergüenza de mentirles todo el tiempo. Y entonces, aquel día, tu madre confirmó todas mis sospechas y muchas más. Y tú demostrabas que no estaba equivocada. Me despreciaba a mí misma por cómo dejaba que me tratases y, sin embargo, no podía abandonarte.

–Es terrible...

–Empecé a odiar en lo que me había convertido. Inventaba razones para pelearme contigo, esperando que tú me preguntases qué pasaba, esperando que tú lo arreglases todo. Fui una cobarde. No te lo dije porque temía que me dejases, así que empecé a destruirme a mí misma. No podía comer, no podía dormir, estaba obsesionada contigo. Cada día que no llamabas, cada minuto, era una tortura. Perdí peso y trabajos. Estaba a punto de perder la cabeza y no tenía a nadie en quien apoyarme ya que había dejado fuera a todo el mundo. Sentía que debía elegir entre estar con ellos o estar contigo... te elegí a ti y lo perdí todo. La única persona que me quedaba, la única con la que podía hablar, era Patrick. Él me ayudó y me dio el apoyo que necesitaba.

Lujayn se quedó callada entonces. Jalal sabía que no tenía nada más que decir.

Había dicho más que suficiente.

Cerró los ojos, intentando entender todo aquello que estaba rompiéndolo por dentro.

Por fin, los abrió de nuevo para mirarla y se puso de rodillas ante ella.

–Deberías haberme contado todo eso hace tiempo, Lujayn. No puedo decirte la vergüenza que me produce que mi madre haya robado tu infancia y destrozado a tu familia, pero te juro que yo nunca tomé parte en sus manipulaciones. Nunca me he sentido avergonzado de ti... todo lo contrario. Decidí que nuestra relación fuera secreta porque pensé que hacerla pública solo nos daría problemas. Y pensé que era el acuerdo que tú preferías. Los dos éramos jóvenes y nos teníamos el uno al otro... creí que eso era lo único importante. No conocía la historia de nuestras familias y no sabía que tú llevaras esa carga de inseguridad y amargura sobre tus hombros. De haberlo sabido... no sé qué habría hecho. Tal vez debería haberme dado cuenta cuando empezaste a enfadarte por todo y quizá no lo hice porque me contentaba con lo que teníamos. Pensé que tampoco tú querías que nuestra relación se hiciera pública porque tu familia es conservadora... y no querrías que los paparazzi te persiguieran. Es verdad que salía con otras mujeres a estrenos y actos oficiales, pero lo hacía para apartar la atención de ti, para mantenerte a salvo. Era solo tuyo, Lujayn, de nadie más... –algo evitó que dijera que seguía siendo así, que siempre sería así–. Y yo pensaba que eras mía, por eso me volví loco cuando me dejaste por Patrick. Estaba ciego y te hice daño. Nunca me perdonaré a mí mismo por ello.

De nuevo, Lujayn enterró la cara entre las manos. Sus lágrimas le rompían el corazón y cuando Jalal la abrazó, ella enterró la cara en su torso.

Sus manos no parecían pertenecerle mientras desabrochaba dos botones de su camisa para besar su piel... lo necesitaba como respirar.

Jalal enredó los dedos en su sedoso pelo, acariciando tan querida cabeza, sus propios gemidos confesando el estado de excitación en que lo tenía desde que la vio llegar a la fiesta. Había estado a punto de encenderse durante toda la noche y explotó en una conflagración que lo consumió en cuerpo y alma.

La aplastó contra él, hambriento, sus sentidos sin control, antes de empujar su cabeza hacia atrás para buscar sus labios, casi haciéndole daño con su urgencia.

Lujayn suspiraba mientras se abría para él, sus pechos aplastados contra el torso masculino exigiendo su dominación.

Jalal la besó apasionadamente, invadiéndola con su lengua, haciéndola gemir de placer, mientras metía las manos bajo su blusa para acariciar su aterciopelada espalda.

Sin pensar, expresó una exigencia, una súplica, una confesión después del último beso:

—*Wahashtini ya'yooni, bejnoon. Guleeli ya rohi, wahashtek? Tebghini kamma abghaki?*

—Sí, Jalal, sí… también yo me he vuelto loca de anhelo por ti. Cuánto te he echado de menos… cuánto te deseo.

Eso era todo lo que Jalal necesitaba, el permiso para hacerla suya, para salir del desierto al que ella lo había condenado.

Se levantó de un salto con Lujayn en brazos y salió del salón para llevarla a la suite en la que había permanecido despierto hasta la madrugada durante días, semanas, ardiendo en un infierno de deseo.

Lujayn mordió su cuello mientras él la dejaba sobre la cama. Luego, se colocó sobre ella y empezó a quitarle la ropa. Le pareció una eternidad hasta que la tuvo desnuda y cuando se incorporó para admirarla tuvo que contener el aliento.

Sus pechos eran preciosos, sus caderas más anchas después de haber tenido a su hijo, haciendo que su cintura pareciese aún mas estrecha. Su estómago ya no era plano sino con una ligera curva, los brazos firmes, las piernas largas y suaves del color de la miel, los labios húmedos.

Jalal admiró esos tesoros, maravillado.

—Me has robado la cordura desde el momento

que te vi, hace años. Ahora… ahora estoy en peligro de devorarte de verdad. *Ya Ullah*, Lujayn… ¿qué te has hecho? Nada debería ser tan bello.

–No exageres. He engordado…

–Nunca podría haber demasiado de ti. Al principio eras muy delgada y luego te quedaste en los huesos, pero yo seguía deseándote. Y ahora… –Jalal pasó una mano por su pechos–. Ahora eres más bella que nunca. Mi hechicera de ojos de plata se ha convertido en una diosa.

Lujayn se arqueó hacia él, invitadora.

–Tú siempre fuiste un dios, pero ahora te has convertido en algo más.

Jalal se inclinó para tomar un pezón con los labios, gimiendo de placer al escuchar sus suspiros, notando que se rendía a su impaciencia.

Se colocó sobre ella, devorando su boca con ansiosos besos, descubriendo todos sus secretos, tomándose todas las licencias, haciéndola suya. Buscó su ardiente cueva, sonriendo al notar que estaba húmeda para él, y Lujayn se onduló bajo sus caricias, aceptando el placer e invitándolo con movimientos a que hiciese lo que quisiera con ella.

Estaba lista como siempre y la llevó al orgasmo solo con lo dedos.

Mientras temblaba de placer, Jalal colocó las largas piernas sobre sus hombros y ella levantó las caderas, abriéndose para ser devorada. Su sabor y su aroma lo volvían loco y Jalal perdió el sentido, convirtiéndose en una bestia hambrienta, chupando y lamiendo hasta llevarla al clímax de nuevo.

Unos segundos después, Lujayn empezó a acariciarlo con manos temblorosas y Jalal la dejó poseerlo como él la había poseído a ella. Pero cuando envolvió su dolorosa erección con las manos y se pasó la lengua por lo labios, dejando bien claras sus intenciones, la detuvo.

–No, Lujayn.

–Pero no es justo –protestó ella–. Tú has hecho lo que has querido...

–Me tendrás como quieras, cuando quieras, pero no ahora mismo. Esta vez quiero estar dentro de ti, necesito estar dentro de ti... –entonces recordó algo–. Pero si no tomas la píldora...

Lujayn negó con la cabeza.

–Es un momento seguro del mes. Entra en mí, Jalal, lléname de ti.

–Lujayn...

Sin poder esperar un segundo más, Jalal tomó sus tobillos para colocarlos sobre sus hombros, la única posición en la que podía empujar con todas sus fuerza y la única en la que ella podía acomodarlo. Sujetando sus nalgas y mirándola a los ojos, pronunció su nombre mientras se enterraba en su húmeda cueva.

Sus gritos de placer al recibir su invasión, arqueando la espalda, todo su cuerpo temblando de placer, hacían que Jalal perdiese la cabeza. Se apartaba para volver a enterrarse de nuevo, haciéndola suya, entregándose por completo en cada embestida, llevándola al orgasmo una vez más. Se dejó ir cuando ella estuvo saciada, sus nalga contrayéndose, su erección enterrada hasta la base, su semilla como un géiser en el útero de Lujayn.

En el letargo de la satisfacción, se le ocurrió un pensamiento: la última vez que había experimentado tal placer se había creado una vida, un hijo. Y si no era un momento tan seguro como ella pensaba, tal vez ocurriría otro milagro. Otro hijo o tal vez una hija...

Pero su corazón se encogió al recordar que la última vez que estuvieron juntos Lujayn se había apartado de él, mirándolo con odio.

No podría sobrevivir si volviese a hacerlo...

Pero ella dejó escapar un suspiro de satisfacción, segura en aquel íntimo abrazo, y Jalal dejó escapar un suspiro de alivio mientras pasaba las manos por sus caderas, por el vientre que había llevado dentro a su hijo.

–Quiero ver a Adam mañana... o más bien hoy mismo.

Lujayn levantó la cabeza, extrañamente seria.

–No puedo hacer eso.

Jalal se puso tenso.

–¿Por qué no?

–No estoy diciendo que no tengas derecho a verlo, pero no voy a poner la vida de mi familia patas arriba... ni siquiera sé cómo voy a explicarles dónde he estado esta noche.

Incapaz de contener su agitación, y queriendo aliviar sus preocupaciones, Jalal la abrazó de nuevo, susurrando sobre sus labios:

–Entonces, tráelo aquí.

Capítulo Nueve

–¿Te das cuenta de lo importante que es esto?

Lujayn hizo una mueca al escuchar la exclamación de su hermana menor, pero estaba demasiado ocupada intentando sujetar a Adam, que quería correr por el camino que llevaba a la villa de Jalal.

Dahab le quitó al niño de los brazos y le hizo cosquillas para distraerlo. Adam gritó, encantado con el juego, y Lujayn pensó, no por primera vez, que aunque era a su mamá a quien acudía casi para todo, su hijo nunca se reía de esa forma con ella.

Tal vez no era tan juguetona con Adam como debería. Tal vez había dejado que las circunstancias de su nacimiento la afectasen, aunque estaba decidida a que no fuera así.

Pero, a pesar de sus buenas intenciones, tal vez no había sido todo lo abierta que debería con su hijo.

Y, además, Jalal iba a invadir sus vidas en todos los sentidos… como la había invadido a ella por la noche.

–¡Es increíble! –siguió Dahab, colocándose a Adam sobre la cadera–. Tú y ese príncipe tan guapo. Por favor, millones de mujeres se llevarán un disgusto enorme.

A punto de decir que esos millones de mujeres aún podían tener esperanzas, Lujayn le hizo un gesto a su hermana.

–Dahab, baja la voz. No sabes cómo lamento habértelo contado.

Su hermana le sacó la lengua y Adam hizo lo propio, creyendo que era un juego.

Lujayn dejó escapar un suspiro.

Dahab era una compañera divertida para su hijo, pero no era un modelo a seguir precisamente. Cualquiera pensaría que tenía doce años y no veintidós.

–Primero, tenías que contármelo porque soy tu hermana. Además, me necesitas porque si no hubiera venido, todo el mundo se preguntaría por qué sales con Adam cuando llevas semanas dejándolo conmigo. ¿Cómo puedes haberme escondido este secreto? –Dahab miró a su sobrino–. Ahora entiendo que seas el niño más guapo del mundo. Te pareces a tu padre.

Lujayn hizo una mueca. Genial. Incluso su propia hermana estaba enamorada de Jalal. ¿Pero qué mujer podría no estarlo?

–Quiero decir que entiendo que no se lo cuentes a mamá y al resto de la familia, pero yo… ¿te lo puedes creer, pequeñajo? No me lo había contado a mí, su hermana favorita.

–Sigo preguntándome cómo has podido vivir aquí tantos años y, sin embargo, pensar como una mujer americana –bromeó Lujayn.

–¿Qué quieres decir?

–Yo, yo, yo –respondió Lujayn mientras llegaban a su destino.

No sabía cómo iba a enfrentarse con Jalal o cuál sería su reacción al ver a Adam y la del niño al verlo a él.

Había llevado a Dahab para que la situación fuese menos incómoda. Contaba con su habitual vivacidad para que el encuentro fuese menos embarazoso.

–En realidad –dijo su hermana– ahora mismo es todo: tu, tú, tú y él, él, él.

Lujayn le hizo un gesto.

–Hablando de él, por favor no digas todo lo que se te pase por la cabeza.

Dahab fingió indignación.

–Oye, que no soy un papagayo –protestó, moviendo cómicamente las cejas–. Pero no te preocupes, estoy aquí para echar un vistazo al príncipe y ser testigo del histórico encuentro entre padre e hijo, pero no me quedaré. Tengo una cita a las dos.

Mientras iban hacia la terraza por donde había entrado la noche anterior, Adam volvió a echarse en sus brazos para señalar cosas que despertaban su curiosidad.

Jalal salió de la casa.

Mientras bajaba los escalones, la intensidad de su mirada la dejó inmóvil, aunque por una vez no iba dirigida a ella.

La mirada de Jalal estaba concentrada en Adam.

Durante los minutos siguientes, padre e hijo se miraron en silencio. Lujayn tuvo la sensación de que había pasado una eternidad desde el día que Adam fue concebido. Todo lo que había sentido desde entonces condensándose hasta hacer explotar su corazón.

Intentando disimular las lágrimas, Lujayn miró a las dos personas a las que más quería en el mundo.

Adam permanecía inmóvil, mirando a Jalal como si hubiera descubierto algo fantástico. El niño estaba acostumbrado a la gente, pero nunca había reaccionado así al conocer a alguien.

Parecía saber que Jalal era diferente a los demás. Y no porque fuese el hombre más alto que había visto nunca o el que emitía una mayor sensación de poder. Casi podría jurar que el niño intuía de algún modo que aquel hombre y él estaban emparentados, que había un lazo entre los dos.

Los ojos de Lujayn se llenaron de lágrimas cuando alargó una mano temblorosa para tocar la mejilla del niño.

–*Ya Ulla, ya* Lujayn… nuestro hijo.

Su voz ronca, cargada de emoción, hizo que el corazón de Lujayn se encogiera aún más. Nunca había querido imaginar aquel momento porque estaba segura de que no ocurriría. Había estrangulado cada pensamiento antes de que tomase forma porque imaginarlo hubiera sido una herida insoportable.

–¿*Baba*?

La vocecita de Adam hizo que una lágrima rodase por la mejilla de Lujayn.

–*Aih, ya sugheeri, ana Baba* –murmuró, acariciando la cabecita de Adam–. *W'enta ebni.*

«Sí, mi pequeño, soy tu padre. Y tú eres mi hijo».

Cuando Adam alargó los bracitos hacia él, a Lujayn se le encogió el corazón aún más. El niño siempre la miraba a ella antes de echarse en los brazos de un extraño, pero en esta ocasión no lo hizo.

Y él dejó escapar un gemido de felicidad al recibir el robusto cuerpecillo con cariño y reverencia.

Adam se señaló a sí mismo diciendo su nombre, como Lujayn le había enseñado, e hizo que Jalal lo repitiera. Luego examinó a su padre con total concentración e interés. Satisfecho con su preliminar exploración, sonrió tímidamente mientras sacaba un elefante rosa del bolsillo de su pantalón.

Jalal lo aceptó.

—Deberías considerarlo un privilegio —intervino Dahab—. Nadie puede tocar a Mimi.

Sonriendo, Jalal se volvió hacia ella.

—Te aseguro que me siento privilegiado. Gracias por traerlo, *ya sugheeri*. Ahora entiendo que te pusieran ese nombre.

Dahab y Lujayn no se parecían en absoluto. Con el pelo dorado, de ahí su nombre, y unos ojos de color chocolate, era completamente opuesta a su hermana. Resultaba evidente que Dahab se sentía halagada por las palabras de Jalal y era la mujer más bella que Lujayn conocía.

Jalal volvió a mirar al querubín que lo observaba con la misma fascinación y, por primera vez desde que llegaron, la miró a ella.

—*Ya Ullah, ya* Lujayn, ¿qué es este milagroso ser que hemos logrado crear entre los dos? ¿Este prodigio que me ha reconocido sin que nadie le dijese nada? –Jalal sonrió a su hijo–. ¿Quién soy? ¿Quién soy, hijo? Dímelo otra vez.

Adam sonreía, encantado.

–¡*Baba!*

–Eso es, soy tu *baba* Jalal. ¿Puedes decir eso?

–¡*Baba* Jalal!

Él parpadeó, intentando contener las lágrimas.

–*Ya Ullah*, ni siquiera pensé que supiera hablar a esta edad.

–Habla muchísimo, todo el tiempo –intervino Dahab.

–¿Cómo puedo darte las gracias por este tesoro, *ya'yooni'l feddeyah*?

Lujayn estuvo a punto de decir una tontería como: «El cincuenta por ciento es gracias a ti, así que estamos en paz».

–Además de todo, es poético –bromeó su hermana–. ¿Hay algo que no se le dé bien, Alteza?

–¿Quieres que te haga una lista por orden alfabético? Por lo que he descubierto últimamente, mis errores son muchos más de los que yo creía –Jalal enarcó una ceja–. Y si no quieres que yo te llame jequesa Dahab, llámame Jalal.

Ella hizo una mueca.

–No, por favor. Reserva eso para mi madre y mi tía. Sigo sin saber cómo reaccionarán mis amigos ante tan arcaica pomposidad.

Jalal rio. En ese momento, Adam decidió que ya estaba bien de presentaciones y comentarios y le dio un golpe en el hombro.

–*Bajo.*

Riendo, Jalal lo dejó en el suelo y el niño corrió hacia los escalones de la terraza.

–*¡Jugar!* –exigió.

Riendo de nuevo, Jalal tomó a Lujayn y Dahab por los hombros.

–Creo que el principito ha hablado y hay que obedecer sus órdenes.

En la terraza habían preparado un suntuoso almuerzo y Jalal insistió en que Dahab pospusiera su cita y comiese con ellos. Durante el almuerzo, rio con su hermana y respondió a la incesante curiosidad de su hijo.

Lujayn apenas probó bocado y tampoco participó en la conversación. No había pensado que aquel momento fuera posible. La respuesta de Jalal ante el niño, la fluida relación entre ellos, el inmediato lazo.

Había privado a Jalal de la presencia de su hijo durante todo ese tiempo y sabía que no podría seguir haciéndolo.

¿Pero qué iban a hacer?

Tal vez debería aceptar su proposición. Cuando se fuera de Azmahar, Jalal iría a ver a Adam a Estados Unidos siempre que le fuera posible. Y ellos retomarían su aventura…

Y debía admitir que después de lo que había ocurrido por la noche no había nada que desease más.

Pero esa sería una solución a corto plazo. Según su tío, el trono estaba prácticamente en sus manos y cuando se convirtiera en rey necesitaría una reina que le diera herederos.

Herederos legítimos.

Y eso significaba que su aventura terminaría. Pero, aunque su relación terminase cuando se hubiera casado, la relación con Adam no terminaría nunca. Pero tendría que ser clandestina…

¿Quería eso para su hijo?

Podría ser aceptable en ese momento, cuando Adam era pequeño, pero en unos años…

No, ella no dejaría que Adam sufriese. No dejaría que fuera un hijo de segunda clase.

¿Pero cómo iba privar al niño de su padre y a Jalal de Adam después de verlos juntos? Aunque el deber de Jalal hacia el trono y hacia su país lo obligaría a no reconocer públicamente a Adam, Lujayn sabía que lo querría con todo su corazón.

¿Sería eso suficiente? ¿Podía ella tomar una decisión por Adam cuando cualquier cosa que eligiera podría hacerle daño a su hijo?

Inquieta, apenas dijo una palabra durante todo el almuerzo hasta que Adam empezó a cerrar los ojitos y Dahab se marchó. Y ya no tenía forma de esconderse.

–Tenemos que hablar –le dijo.

–Primero, deja que te dé las gracias por no contarle a tu hermana lo mal que me he portado contigo. Si le hubieras contado la mitad de las cosas que te he hecho, Dahab me habría arrancado la cabeza. Y, aunque no lo merezco, tampoco has influido en Adam contra mí.

–Claro que no –logró decir Lujayn, con un nudo en la garganta–. Lo que ocurrió entre nosotros no tiene nada que ver con él. Además, ahora sé que malinterpreté la situación en muchos casos.

–Pero eso no cambia lo que pasó, así que agradezco mucho que no hayas hecho públicas mis meteduras de pata.

–Nunca le he contado nada a nadie y, por supuesto, nunca pondría a Adam en tu contra.

Jalal intentó abrazarla, pero Lujayn lo apartó delicadamente.

–Espera, tenemos que hablar.

–Y lo haremos, pero tenemos que hacer el amor antes de que nuestro hijo despierte –murmuró él, buscando sus labios.

–No, no... –Lujayn hizo una mueca–. No sé cómo no se me ha ocurrido antes.

–¿A qué te refieres?

–Sé que Dahab guardará el secreto, pero no hemos pensado en Adam. Él no olvidará esta visita.

–Eso espero.

–¡Pero le contará a todo el mundo que ha conocido a su *baba*! –exclamó Lujayn.

–Y yo me alegraré de que lo haga.

Ella negó con la cabeza. Jalal no parecía entenderlo.

–Tendré que irme de casa de mi tío y volver al hotel hasta que nos vayamos de Azmahar para que nadie se entere.

–No hay necesidad de hacer eso. Puedes contárselo a todo el mundo.

Lujayn lo miró, incrédula.

–Tú sabes que no puedo hacer eso. Un escándalo asociado contigo ya ha consumido la vida de mi familia y no quiero ni un escándalo más. Además, con tu campaña en marcha, lo último que necesitas es contarle a todo el mundo que tienes un hijo ilegítimo.

Jalal la tomó por los hombros para mirarla a los ojos.

–Adam no es un escándalo y tampoco es un hijo ilegítimo. Es mi hijo y será mi heredero ante el mundo entero.

Lujayn no sabía qué responder. No entendía que a él le pareciese tan fácil.

–No puedes hacer eso.

–Si estás pensando en llevártelo….

–No, no es eso. Pero sé que no puedes reconocer a Adam públicamente.

–Claro que puedo. Tengo un hijo y no pienso renegar de él.

–Pero…

–No digas nada más, *Ya Ullah*. ¿Crees que yo haría eso?

Ella negó con la cabeza, desconcertada.

–Pero yo… no veo cómo puedes…

–Lo haré de la única manera posible: me casaré contigo.

Capítulo Diez

–No podemos hacerlo.

El rechazo de Lujayn fue como un puñal en el corazón de Jalal. No había sido una exclamación sino una afirmación.

Luego miró a Adam, dormido en su moisés. El niño se había metido en su corazón como si hubiera sido parte de él desde siempre, incluso desde antes de nacer. Como Lujayn.

Su presencia había convertido la villa en un hogar y la intensidad con la que quería proclamarlos como suyos casi lo asustaba.

Pero estaba empezando a entender lo que Lujayn había sufrido, desde la infancia hasta aquel mismo día.

No tenía derecho a enfadarse porque su primera reacción fuera de rechazo, incluso después de haber hecho el amor la noche anterior, incluso después de haber tenido a Adam.

Debía poner sus necesidades por delante de las suyas, convertirlos en su única prioridad.

A partir de aquel momento, todo sería por ella y por Adam. Por su familia.

–¿Alguna razón por la que no podamos hacerlo? –le preguntó.

–Hay miles de razones.

–Yo solo encuentro razones para casarnos. Tú, yo, Adam… así nos tendremos los unos a los otros.

–No nos tenemos el uno al otro, Jalal. Solo nos hemos acostado juntos un par de veces en los últimos dos años.

–Yo habría estado en tu cama cada noche si no hubieras dicho que me odiabas. Fue por eso por lo que me marché.

–Si me respetases o valorases, nada de lo que dijera habría hecho que me dieses la espalda –replicó Lujayn–. Pero desconfiabas de mí cuando no tenías por qué. Sentías que te había traicionado cuando tú no me dabas nada. ¿En qué modo podía haberte traicionado? Me alejé de ti para salvar mi vida y tú me buscaste para acusarme e insultarme.

–Yo no…

–Y te alejaste porque era lo que pensabas hacer desde el principio –siguió ella–. Luego volví a Azmahar y tú decidiste buscar una diversión sin ataduras. Pero entonces descubriste la existencia de Adam y, de repente, quieres casarte conmigo. Pues no, lo siento, no puede ser.

Cada palabra lo hería más porque todo lo que decía era cierto.

–He confesado todos mis errores, Lujayn. Nunca me diste razones para desconfiar de ti… me dijiste por qué me dejabas, pero yo no pude aceptarlo. Solo podía pensar en mi desilusión, en mi dolor. Lo siento, pero estoy entrenado para pensar lo peor de los demás. Seguramente es mi condena por tener a

Sondoss por madre. Pero nunca desconfiaré de ti y no te dejaré nunca, te lo juro.

—Por favor, no finjas que esto tiene algo que ver conmigo. Solo me quieres por Adam.

—Reconocer a Adam como hijo legítimo solo es uno de los factores, pero…

—¿Alguna vez habías pensado en casarte conmigo? Antes de saber de la existencia de Adam quiero decir.

Jalal querría decir que sí, pero estaría mintiendo.

—En el pasado, nunca pensé casarme contigo. Crei que no había razones para hacerlo.

Lujayn hizo una mueca.

—Y sigue sin haberlas.

—¿Cómo que no? Entonces crei que lo teníamos todo. No pensé que el matrimonio fuese importante para ti. Los dos estábamos muy ocupados entonces… tú con tu carrera, yo con la mía. Pensé que el matrimonio sería una distracción innecesaria.

—¿Estás diciendo que pensaste en el matrimonio y decidiste que no te interesaba?

—Estoy diciendo que entonces no veía razones para casarme contigo. Eras mi amante, mi novia, y no veía por qué había que cambiar el contexto de la relación hasta que te perdí.

—Y pensabas que yo volvería a aceptar lo mismo ahora, años después –dijo ella, irónica.

—No sé lo que esperaba –le confesó Jalal–. Contigo no soy más que un monigote que apenas puede pensar con claridad. Lo único que sabía era que estábamos juntos de nuevo y quería que siguiera siendo así. Adam ha acelerado el proceso y me alegro, pero él no es la razón por la que te propongo matrimonio, Lujayn. Solo me ha dado una razón más para hacerlo.

–No te creo –dijo ella.

–Puedo legitimar a Adam sin casarme contigo.

–No, eso no es posible.

–Sí lo es. Solo intento demostrarte que quiero casarme contigo por ti misma.

–No puedes legitimar a Adam sin casarte conmigo. Eso es lo único que te importa.

–Podríamos decir que estuvimos casados brevemente antes de concebir a Adam y que nuestro matrimonio terminó en divorcio. Tú solo tendrías que corroborarlo y Adam sería hijo legítimo.

–Muy bien, lo corroboraré si es lo mejor para él.

–Solo quiero que me concedas la bendición de ser mi esposa.

Jalal vio que Lujayn luchaba contra sí misma, indecisa, incapaz de creer en él después de tantos años de decepciones.

–¿Es el cambio en el estatus de mi familia lo que hace que me veas como una posible esposa?

Le había hecho tanto daño, pensó, al hacerla sentir que no era nada para él.

–Deja que sea absolutamente claro. Te estoy proponiendo matrimonio, Lujayn. Si provinieras de una familia de criminales lo haría de igual modo porque eres la única mujer a la que he amado en toda mi vida.

Los ojos de Lujayn se llenaron de lágrimas.

–No digas eso si no lo dices de corazón…

Él tomó su cara entre las manos.

–Otro de mis delitos es no haberte dicho nunca lo que sentía. Te quiero tanto que fui tuyo desde el momento que te vi. Incluso cuando pensé que te había perdido para siempre, cuando me decía a mí mismo que te odiaba, no pude estar con nadie más. No hay nadie más para mí.

Vio el momento en el que cayeron las barreras porque sus ojos de plata se iluminaron y Lujayn le echó los brazos al cuello, creyéndolo al fin.

–Jalal, oh, Jalal…

–*Baba Lal!*

Los dos se volvieron al escuchar la voz de Adam, que movía los bracitos en el moisés, mostrándoles su único diente en una sonrisa maravillosa y exigiendo que su padre lo tomase en brazos.

–Le he pedido a tu mamá que se case conmigo, *ya sugheeri.*

–*Mama Lu!* –gritó Adam, haciéndolo reír.

–Los meses de su vida que me he perdido siempre quedarán como una herida en mi corazón, pero no voy a perderme un minuto más. Te juro que a partir de ahora estaré a vuestro lado hasta el día de mi muerte.

–¿Lo dices de corazón? –le preguntó Lujayn, con lágrimas en los ojos.

–Lo digo de corazón. ¿Quieres ser mi esposa?

–Sí y mil veces sí –respondió ella, echándole los brazos al cuello.

Nada podía ser tan perfecto. No podía tener el amor de Jalal, el calor de una familia. ¿O sí?

Él le había jurado que lo tenía, que lo había tenido siempre.

–Quiero que hagas algo por mí.

–Cualquier cosa. Solo tienes que pedírmelo.

–Deja que haga contigo lo que quiera esta noche.

El brillo de deseo en sus ojos parecía quemarla.

–Haz lo que quieras conmigo. Todo lo que quieras.

Jalal había empezado a desnudarse mientras hablaba y Lujayn dejó que hiciera un lento *strip-tease* para ella, mirándolo mientras intentaba controlarse. Pronto disfrutaría de la belleza de la que había creído estar privada el resto de su vida.

La noche que Adam fue concebido y la noche anterior habían sido demasiado apasionadas. No había tenido ocasión de disfrutar de él, pero el tiempo había conspirado para que algo que siempre le había parecido el paradigma de la perfección viril se convirtiese en algo que desafiaba cualquier descripción.

Su torso de bronce sobre unos músculos de acero, unos hombros en los que podría apoyarse para siempre, un estómago plano, marcado, caderas delgadas y duras nalgas, dominantes muslos, cada centímetro como esculpido.

Lujayn sabía por experiencia que sus pies eran hermosos, que era una obra de arte.

Entonces Jalal se quitó los calzoncillos.

Dejando que viese lo que pronto iba a disfrutar.

Jalal se volvió, mirándola por encima de su hombro. Con lánguidos movimientos, apoyó la espalda en el cabecero y extendió las piernas, su erección larga y dura, gruesa, dispuesta para que ella la montase.

Nerviosa, Lujayn estuvo a punto de arrancarse la ropa en su prisa por librarse de ella.

Después de hacerlo se lanzó sobre él, besándolo de la cabeza a los pies. Cuando se colocó a horcajadas sobre su cuerpo, Jalal estaba jadeando como ella, acariciándola enfebrecidamente.

Pero no le pidió que se apresurase, no se colocó encima para enterrarse en ella y terminar con su sufrimiento. No, dejó que ella marcase el ritmo. Pero Lujayn solo quería hacerlo suyo y lo hizo.

Clavando las manos en sus hombros, buscó sus labios mientras levantaba las caderas para tomarlo, sintiendo la agonía y el éxtasis, la inolvidable expansión de su miembro dentro de ella haciendo que se moviese arriba y abajo, disfrutando de un placer enloquecedor.

Sentirlo de nuevo después de que le hubiera declarado su amor la hacía llorar, pero Jalal besó sus lágrimas murmurando su nombre, encendiéndola aún más hasta que explotó, gritando su nombre.

—Necesito que me prometas que coartarás mis tendencias neandertales de dominarte para dejar que hagas conmigo lo quieras —susurró Jalal cuando pudo encontrar su voz.

—Lo haré, frecuentemente.

Él soltó una carcajada.

–Olvida lo que he dicho. La necesidad de convertirme en un hombre primitivo es imposible de controlar.

Mucho después, Lujayn suspiraba de contento.

–Me pareces diferente –dijo él–. Tú eres diferente y yo también. Hemos madurado y ahora es mejor que nunca. Aunque debes dejar de mejorar. Si mejoras un poco más, me matarás de placer.

Aliviada y feliz, Lujayn lo miró a los ojos.

–¿Sabes que tienes los ojos más bonitos del mundo? Si tenemos una niña, espero que herede tus ojos.

–¿Quieres tener más hijos?

–Solo digo que si algún día los tuviéramos…

–Creo que deberíamos tener tantos hijos como tú desees. Yo quiero lo que tú quieras, Lujayn. Cuando tú quieras.

Temblando, ella pasó una mano por su cara.

–Quiero disfrutar de ti sin interrupciones un poco más antes de embarcarnos en ese nuevo milagro.

–Haz conmigo lo que quieras –dijo él, mientras la tomaba en brazos para llevarla al cuarto de baño.

El resto de la noche fue un borrón de amor y de sexo. Por la tarde, cuando se acordaron del resto del mundo, decidieron llamar a su familia para anunciar la noticia y la reacción fue de innegable alegría. Pero se quedaron sorprendidos, casi tanto como Lujayn, cuando Jalal anunció que la boda tendría lugar en una semana en el palacio real de Azmahar y que podrían hacer lo que quisieran mientras fuese una boda legendaria.

Ella no quería nada de eso, pero Jalal insistió y Lujayn aceptó por fin para complacerlo y para compensarlo por los años que habían estado separados.

Acababa de dejar a Adam con Dahab para hablar con él sobre cómo debían sentar a los invitados y estaba entrando en la antecámara del despacho real cuando escuchó una voz que no era la de Jalal.

Si las voces tuvieran un color, aquella sería negra como la noche.

–… portándote como si el palacio fuera tuyo.

–Yo también me alegro de verte, Rashid.

Tenía que ser Rashid Aal Munsoori, el tercer candidato al trono. Lujayn sabía que era pariente materno de Jalal y que una vez había sido buen amigo. Pero no sabía cuál era su relación en ese momento, especialmente siendo rivales para conseguir el trono.

Por lo que había escuchado, Rashid no hablaba en términos muy amistosos. Pero Jalal no estaba usando el palacio como si fuera suyo. De hecho, había hecho una enorme aportación económica a las arcas nacionales a cambio de usarlo para su boda.

Lujayn se mordió los labios, sin saber si debía entrar o esperar hasta que Rashid se hubiera ido. Por fin, tomó un libro de la biblioteca.

Estaba empezando a leer cuando se quedó inmóvil al escuchar lo que decía Rashid:

–… Haidar destrozó tus planes de usar a Roxanne para llevar la delantera en la campaña y ahora crees que darle a los ciudadanos de Azmahar una historia de amores perdidos y recuperados y un hijo sorpresa te pondrá por delante.

El corazón de Lujayn se detuvo durante una décima de segundo.

–Pues muy bien –siguió Rashid–. Quédate con una mujer y un hijo a los que no quieres para conseguir el trono. Será un castigo acorde a tu pecado.

–Haidar me dijo que habías cambiado y pensé que estaba exagerando, pero veo que es verdad. ¿Qué te ha pasado, Rashid?

–Nada –respondió él.

–Sé que estuviste en el ejército y que te fuiste alejando de todos hasta desaparecer por completo. Y entonces… esto apareció en tu lugar.

–Este es el verdadero Rashid –replicó él–. El único Rashid al que vas a ver a partir de ahora. Y si alguno de vosotros pensáis que tenéis alguna posibilidad contra mí, estáis muy equivocados. Tú en particular eres tan patético que decidí mostrar compasión viniendo a aconsejarte que no sacrifiques tu libertad para conseguir algo que es mío.

De repente, Rashid abrió la puerta y Lujayn contuvo un gemido.

–Siento mucho que hayas tenido que escuchar esta conversación, jequesa Lujayn. Pero al menos ahora tienes otro elemento para decidir.

Rashid se alejó y Lujayn se volvió para mirar a Jalal.

–¿Esto es lo que quieres, de verdad?

Él hizo una mueca de dolor, como si lo hubiera golpeado.

–¿Sigues pensando mal de mí, Lujayn? ¿Desconfías de mí de tal manera?

Ella negó con la cabeza. Confiaba en él, pero...

–Rashid solo intentaba exasperarme, como hace con Haidar. Nos considera unos extranjeros, más de Zohayd que de Azmahar, y está haciendo guerra psicológica para apartarnos de la carrera hacia el trono. Pero no debes creer nada de lo que diga. Te quiero por una sola razón: porque no puedo vivir sin ti. Dime que me crees, *ya habitati*.

Lujayn le echó los brazos al cuello.

–Claro que te creo, Jalal.

–No puedo soportar que tengas dudas sobre nosotros, *ya'yooni*. Retiraré mi candidatura si es necesario...

–¡No! –exclamó ella–. No lo pienses siquiera. Te amo y soy tan feliz que no me lo creo. No soy capaz de creer mi buena suerte.

–No es suerte, es lo que mereces. Y me convierta en rey o no, da igual. Solo quiero amarte y que vivamos juntos y felices para siempre.

Mientras Lujayn se perdía en sus besos y en sus promesas, algo le decía que era imposible que la vida le permitiera tener todo lo que quería sin interferir tarde o temprano...

Capítulo Once

El color de los adornos en las mesas haría juego con el de los vestidos de las damas de honor. La propia Dahab había decretado que el color tenía que ser ese.

Lo que quedaba por decidir era… todo lo demás. Los arreglos florales, los adornos, las luces, el catering.

Tanto su madre como su tía, que estaba recuperándose de la mastectomía, estaban locas por Jalal, que las trataba como si fueran unas reinas. Y más cuando besaba su mano llamándolas *hamati* y *hamati el tanyah,* mi suegra y segunda suegra.

Jalal había convertido el palacio en un taller para ellas. Había sastres, joyeros, chefs, floristas y peones trabajando a todas horas del día en todos los oficios, recibiendo y cumpliendo sus órdenes para que cada detalle de la boda fuese perfecto. Su familia estaba enloquecida, sintiendo como si estuvieran en el país de la maravillas, donde podían hacer realidad cualquiera de sus fantasías. Dahab le había dicho en una ocasión que estaba ganándose el título de genio de la lámpara.

Qusr Al Majd, literalmente «palacio de gloria» tenía una cúpula fabulosa que podría compararse con cualquier atracción turística del mundo. Tal vez no era tan majestuosa como la del palacio real de Zohayd, pero era preciosa.

Aliyah había llegado al palacio unas horas antes con Roxanne, la esposa de Haidar, que pronto sería su cuñada, y un montón de vestidos de novia para que Lujayn eligiese.

Estuvo probándose vestidos durante horas, paseando, moviéndose, subiendo y bajando escaleras mientras ellas hacían comentarios y tomaban notas, puntuando cada uno.

Pasó otra hora antes de que por fin pudiera sentarse, suspirando.

–¿Ya has decidido cuál será tu vestido de novia? –le preguntó Aliyah.

–No, aún no –respondió Lujayn–. Todos son tan bonitos. Me siento como una princesa.

–Ahora todas somos princesas Aal Shalaan, o por nacimiento o por matrimonio –dijo Roxanne.

Era cierto. Iba a convertirse en una princesa, en la princesa de Jalal. Eso era lo único que le importaba.

Había llegado el gran día.

El día en el que todo el mundo sabría que su corazón le pertenecía a Lujayn. El día que empezaría una misión eterna cuyo objetivo era curar las heridas que su familia le había infligido a la de ella.

Jalal miró alrededor con una sonrisa en los labios. Tenía que felicitar a las mujeres de la familia de Lujayn porque habían hecho un milagro. Les tomaba el pelo, preguntando si tenían un genio escondido en alguna parte. Habían convertido el abandonado palacio en el salón más bello, digno de un relato de *Las mil y una noches*. Un sitio digno de una princesa, el amor de su vida y la madre de su maravilloso hijo.

Sus parientes estaban en un semicírculo frente a donde Lujayn y él se unirían para inscribir su matrimonio en el registro oficial. Su padre no había tenido un aspecto tan sano y alegre… nunca.

Su matrimonio con Anna Beaumont, la madre biológica de Aliyah y el amor de su vida, estaba haciendo maravillas por él.

Después de una vida perdida en dos matrimonios desastrosos, primero con la madre de Amjad, Harres y Shaheen, y luego con Sondoss, su padre merecía ser feliz.

Y por fin lo había conseguido. Anna amaba a su marido y se notaba. Y su padre había hecho lo que debía al abdicar del trono de Zohayd a favor de Amjad para disfrutar de lo que le quedaba de vida con la mujer que había elegido después de tres décadas de infelicidad.

Pero aunque Jalal estaba encantado por su padre, esa noche podría decirle a él y a sus hermanos que el puesto de hombre más feliz de la Tierra ya estaba ocupado.

Un suspiro de placer y anticipación escapó de su garganta cuando el aroma favorito de Lujayn, el jazmín, llenó el enorme salón como una niebla.

Adam lanzó un grito y, con el corazón acelerado, Jalal miró hacia donde señalaba su hijo. La procesión de la boda acababa de entrar en el salón, precedida por Dahab.

Parecían una procesión de joyas con sus trajes dorados. Todas las mujeres de la familia de Lujayn estaban allí, las mujeres de sus hermanos Johara, Talia, Maram y Roxanne. Aliyah iba con su hija, que saltaba a su lado como un duendecillo, lanzando polvos dorados a su paso.

La única mujer que no había acudido a la boda era Laylah, una de las tres preciosas mujeres de la familia Aal Shalaan. Y su madre, por supuesto.

Nadie mencionó a Sondoss, como si mencionarla pudiese extender un hechizo maléfico que lo estropearía todo. Y era comprensible. Aunque la visitaba cuando podía, como deber filial, Jalal no pensaba incluirla en su vida teniendo a Lujayn y Adam. Cuanto más lejos estuviera de Lujayn y su familia, mejor para todos.

Jalal miraba hacia la puerta para ver la entrada de Lujayn mientras Adam intentaba que lo dejase en el suelo.

Pero la novia no aparecía. La música cesó y los rumores se extendieron como un incendio.

Todo el mundo miraba alrededor, esperando una sorpresa. Y cuando no llegó ninguna, lo miraron a él.

Jalal estaba inmóvil, incapaz de pensar, incapaz de reaccionar. Dejó a Adam en los brazos de su abuela y cuando la miró vio que estaba preocupada.

137

–Esperad aquí, voy a ver qué está pasando –dijo Harres.

–¿Qué podría estar pasando? –preguntó Haidar, a su lado–. O ha cambiado de opinión sobre el vestido o quiere hacerte esperar para castigarte por todos los años en los que no se te ocurrió pedirle que se casara contigo

Haidar le dio una palmadita en la espalda antes de alejarse mientras Jalal se quedaba donde estaba, perplejo. Nada podría moverlo salvo la entrada de Lujayn.

Los minutos pasaban y le faltaba el aire.

Haidar y Harres entraron de nuevo en el salón unos minutos después y mientras Harres se dirigía a Amjad, Shaheen y su padre, Haidar se acercó a él.

Jalal miraba a su hermano, interrogante.

No podía leer su expresión. O no quería hacerlo. Todo en él se negaba a cooperar: su mente, su voz, su corazón.

Y entonces, con una voz tan ronca y triste como su expresión, Haidar dijo:

–Lujayn se ha ido.

Capítulo Doce

Se había ido.

Esas palabras se repetían en la cabeza de Jalal una y otra vez. No tenían sentido. Era imposible, no podía ser cierto.

Lujayn no podía haberse marchado el día de su boda.

Un terrible pensamiento dio lugar a una reacción en cadena… la única razón para la partida de Lujayn era que alguien se la hubiese llevado.

Que la hubieran secuestrado.

La desesperación hizo que se agarrase a lo único que le quedaba en el mundo: su hermano gemelo.

—Derrúmbate más tarde, Jalal. Tenemos que decirle algo a la gente, controlar la catástrofe. Y luego tenemos que irnos de aquí para…

Jalal empujó a Haidar y salió corriendo del salón, agitado como nunca. Oyó gritos, preguntas, exclamaciones de alarma. Si corría lo suficiente tal vez aún podría encontrarla, tal vez aún podría salvarla…

Pero una fuerza inexorable lo retuvo. Cuando volvió la cabeza, vio a Haidar y Harres sujetándolo. Amjad y Shaheen corriendo hacia ellos.

—¿Dónde crees que vas? —le preguntó Haidar.

–Imagino cómo te sientes, pero… –empezó a decir Harres–. Vamos a pararnos a pensar un momento.

–¿Pararnos? –repitió Jalal–. ¿Lujayn ha sido secuestrada y tú quieres que me quede de brazos cruzados?

–¿Secuestrada? –exclamó Haidar.

Jalal logró soltarse cuando Amjad llegaba a su lado.

–Es la única respuesta.

–¿Crees que solo te dejaría plantado si hubiera sido secuestrada?

Él se volvió, casi enseñándole los dientes.

–Ha sido secuestrada, es la única explicación.

Amjad sonrió, sarcástico.

–Lujayn no ha sido secuestrada, así que puedes dejar el ataque al corazón para otro momento.

–¿Estás seguro?

Sus hermanos se miraron, incómodos. Luego, dejando escapar un largo suspiro, Haidar le entregó una nota escrita con la letra de Lujayn: «Lo siento».

Jalal miró la nota como si pudiera hacer que esas dos palabras se multiplicasen. Como si mirándolas con total concentración pudiera hacer que se multiplicasen. Esas palabras que no explicaban nada.

–¿Dónde habéis encontrado esto? –preguntó.

Haidar suspiro de nuevo.

–En la habitación donde la dejaron para que descansase un momento antes de la ceremonia. Se ha quitado el vestido novia y ha salido por el balcón.

Jalal negó con la cabeza. No podía ser.

—Eso es imposible. Lujayn no se marcharía. Una nota no demuestra que no haya sido secuestrada. Podría haber sido obligada a escribirla…

Harres le pasó un brazo por los hombros.

—No ha sido secuestrada, Jalal, así que deja de volverte loco.

—Los guardias intentaron detenerla —siguió Haidar—. Pero ella les dijo que serían castigados si intentaban evitar que se fuera. Se quedaron tan sorprendidos que la dejaron ir. Cuando informaron a Fadi, él llamó al aeropuerto. Lujayn había subido a un avión y él ordenó que la hicieran bajar, pero ella invocó su ciudadanía americana y el avión despegó sin que pudiera hacer nada.

Jalal miró a Haidar, incrédulo.

Se había ido. Lujayn se había ido de verdad.

Pero no podía querer abandonarlo. Lujayn lo amaba… más que eso. Era la mitad de su alma y la otra mitad era Adam. Ella no dejaría al niño, imposible. Se moriría sin ellos. Como le pasaría a él.

Debía haberlo dicho en voz alta porque Amjad estaba respondiendo:

—Ella sabe que si no estáis casados tú no podrás evitar que su familia le lleve al niño, así que solo te ha dejado a ti.

—¿Tú creerías que Maram te había dejado?

Amjad hizo una mueca.

—Muy bien, entonces Lujayn se ha ido, pero no se ha ido por voluntad propia.

Todos lo miraron, sin entender.

Amjad levantó una ceja.

–¿De verdad no lo entendéis? ¿Estáis ciegos?

Harres le dio un golpe en el brazo.

–O te explicas o rey o no rey, el siguiente puñetazo irá directamente a tu estómago.

Amjad se tocó el brazo y luego miró a Shaheen y Harres con cara de pena.

–Esos dos… lo entiendo porque genéticamente son defectuosos. ¿Pero cuál es vuestra excusa?

–¿Qué quieres decir?

–Sondoss –respondió Amjad–. ¿Quién si no?

El corazón de Jalal se encogió al escuchar el nombre de su madre. Pero, de repente, todas las piezas del rompecabezas cayeron en su sitio.

Había sido su madre. Ella era la única que podía haber hecho que Lujayn desapareciera el día de su boda.

–Os advertí que seguiría interfiriendo en vuestras vidas –siguió Amjad–. Pero vosotros la exiliasteis en una isla tropical, en lugar de enviarla a una mazmorra digna de una dragona. Y ahora tendréis que pagar el precio.

–Si crees que una mazmorra hubiese evitado que siguiera haciendo daño es que no conoces a Sondoss –dijo Shaheen–. Jalal y Haidar tomaron la decisión correcta, aunque fuese por razones equivocadas. Sondoss en prisión hubiera sido mucho más peligrosa que exiliada.

–¿Ah, sí?

–Lo peor que ha hecho hasta ahora es sabotear esta boda, pero si hubiera estado en prisión habría planeado terminar con el mundo con tal de escapar. Esa mujer es capaz de todo.

Amjad sonrió.

–Me alegra ver que no sois tan crédulos como yo pensaba, pero seguro que ya estará tramando algo mucho peor que estropear una boda. Aunque, a juzgar por tu expresión –añadió, dirigiéndose a Jalal– es como si el mundo se hubiera acabado de repente.

–Puede que haya otra explicación –dijo Shaheen.

Haidar negó con la cabeza.

–No, madre es la única explicación.

Harres asintió.

–Estoy de acuerdo. Pero lo que no entiendo es cómo ha conseguido que Lujayn abandonara su propia boda. ¿Cómo se ha puesto en contacto con ella?

Jalal se dio la vuelta y, en esta ocasión, sus hermanos lo dejaron ir.

No sabía cómo lo había hecho su madre, pero lo averiguaría.

Y terminaría con sus maldades de una vez por todas.

Diez terribles horas después, Jalal entraba en la casa que Haidar y él habían comprado para su madre en la isla de Aruba.

Habían elegido un sitio con un clima que se pareciese en lo posible al de Azmahar y una casa que, hasta cierto punto, mantuviera el nivel de lujo al que ella estaba acostumbrada. A pesar de todo, habían querido que estuviera cómoda en el exilio...

Y en aquel momento lo lamentaba con todo su ser. Sondoss no había perdonado su pasada transgresión y no lo haría nunca.

No podía imaginar la angustia de Lujayn cuando su madre la obligó a abandonar su propia boda...

¿Cómo lo había hecho?

Haciéndole un gesto a los guardias que habían asignado a la custodia de su madre, Jalal se acercó a la casa con las primeras luces del amanecer. Pensar que Sondoss podía dormir después de arruinar su boda, tal vez su vida, hacía que lo viera todo rojo mientras se acercaba al dormitorio.

–... he hecho todo lo que tú querías.

Esas palabras fueron como un golpe en su corazón. Porque no tenía la menor duda de quién las había pronunciado.

Lujayn.

Estaba allí.

Sus pies casi abandonaron el suelo en su prisa por acercarse al dormitorio. Entró en el cuarto de su madre como una tromba y se quedó en la puerta, atónito al presenciar la escena que tenía delante.

Su madre sentada con Lujayn, tomando una taza de té.

Ninguna de las dos reaccionó ante su entrada. Como si hubieran estado esperándolo. Su madre, con un vestido de satén color esmeralda que le daba un poco de color al acero de sus ojos, tan majestuosa y bella como siempre. Lujayn, con un traje gris, llevaba el pelo sujeto en un moño que debía haberse hecho para la boda, dejó la taza sobre la mesa y bajó la mirada.

Jalal quería decirle que no debía apenarse, que todo se iba a solucionar…

–Me alegro de que hayas venido, *ya helwi* –dijo su madre mientras le ofrecía su mano–. Ven, toma un té con nosotras. ¿O has tomado uno de esos horribles cafés en el avión?

Jalal apretó los dientes.

–No, *ya ommi*. Y no me hables como si fuera tu querido hijo. Nunca más.

Ella dejó escapar un teatral suspiro.

–Muy bien, entonces deja que vaya directa al grano: Lujayn siempre ha sido mi espía.

Todo quedó en suspenso. ¿Había dicho…?

La incredulidad y la furia hacían que Jalal no pudiese respirar.

–*Ya Ullah.* ¿No hay fin para tus mentiras? ¿Por qué no me dices qué Lujayn es en realidad un hombre? Eso sería más creíble.

Su madre siguió mirándolo con sorprendente serenidad, dadas las circunstancias.

–La envié a ti cuando estabas estableciendo tus oficinas en Nueva York. Necesitaba alguien a quien pudiese controlar para alejarte de las mujeres que no te convenían y te envié a una que sabía te resultaría irresistible. Una que, además, no te exigiría nada. Pero cuando la relación se alargó supe que mi plan había funcionado demasiado bien. Temía que te hubieses encariñado con ella, así que le ordené que empezase a alejarse, a mostrarse contraria. Esperé casi dos años para que la dejases, pero no lo hiciste, de modo que le ordené que fuera ella quien te dejase a ti. Le dije que debía casarse con el otro hombre con el que… mantenía una amistad. Y Lujayn me obedeció, por supuesto. Te dejó y se casó con tu amigo, que estaba enfermo. Decidí entonces que a partir de entonces sería más seguro apartar a las mujeres que te rodeaban una por una. Pero los dos sabemos que no he tenido que hacer nada, no te ha interesado nadie desde entonces.

Jalal miraba a su madre y a Lujayn sin entender. Ella seguía mirando al suelo, sin expresión, como si no estuviera allí.

Su madre siguió:

–Al principio, fue un alivio que no quisieras tener ninguna relación, pero luego empecé a preocuparme. Me sentía culpable por haber hecho que te enamorases de una impostora, pero esperaba que tarde o temprano conocieses a otra mujer. Nunca pude predecir que buscarías a Lujayn o que su marido hubiese muerto tan rápidamente. Tampoco había contado con que ella quedase embarazada. Cuando me lo dijo, le ordené que se alejase de ti y escondiera al niño. Hasta que yo necesitase crear un escándalo, naturalmente.

Incapaz de seguir sorprendiéndose de nada, Jalal miró a su madre mientras reescribía la historia de su relación con Lujayn.

–Pero, de nuevo, antes de que yo pudiese crear

ese escándalo, tú decidiste casarte con Lujayn y legitimar al hijo que habías tenido con ella, la hija de una criada –Sondoss hizo un gesto de desprecio–. Tuviste que sacar a la luz los orígenes de su familia, por supuesto. Mientras yo decidía cómo lidiar con esa nueva situación, tú descubriste la existencia del niño y te apresuraste a anunciar tu deseo de casarte con ella. Así que le dije que esperase hasta el último momento y te dejase luego en el altar. Ahora que la noticia habrá viajado por toda la región, si no por todo el mundo, nadie en Azmahar pensará que un hombre tan tonto podría ser su rey.

No había fin para sus golpes. Para sus heridas. Jalal podría haber aceptado cualquier cosa de un enemigo, pero de ella...

Su madre por fin mostró cierta emoción mientras se levantaba graciosamente para acercarse a él.

–Te quiero, Jalal, pero quiero que Haidar sea el rey y no tú. Los dos me habéis obligado a hacer esto.

–¿Nosotros te hemos obligado?

–Por supuesto. Cuando él decidió dar un paso atrás y tú seguiste adelante con tu campaña. Ahora que estás fuera, él ocupará el trono, pero te hará príncipe heredero y todo será por el bien de los dos.

Jalal cerró los ojos durante un largo minuto. Cuando por fin volvió a abrirlos, era como si alguien le hubiese echado un puñado de arena.

–No creo una palabra de lo que has dicho.

–Como esperaba –su madre suspiró–. Muy bien, pregúntale a ella.

–¿De qué serviría eso? Lujayn dirá lo que tú quieras que diga porque sabe que eres capaz de cumplir cualquier amenaza.

Sondoss inclinó su regia cabeza.

–Es una teoría fascinante, *ya helwi*. ¿Y qué clase de amenaza he usado para traerla aquí? ¿Hacerle daño a su familia? ¿Cómo iba a hacerlo desde el exilio?

–No sigas, *ya ommi*. Los dos sabemos que tu influencia sigue siendo enorme en la región. Algo que pienso rectificar a partir de este momento. Y no dudaré en pedir ayuda a mis hermanos y mi padre para cortar tus tentáculos, así que espero que hayas disfrutado de este abuso de poder por última vez en tu vida.

–Si crees que usar mi poder para hacer lo que había que hacer es un abuso, entonces yo tenía razón y tú no debes ser rey de Azmahar.

–Siempre me has odiado porque mi rostro es el rostro de los Aal Shalaan, ¿verdad? Cuando me miras, recuerdas a tus odiados enemigos, mi padre y mis hermanos.

Ella se encogió de hombros.

–Amito que mirarte me resulta inquietante, pero también tienes parte de mí y eres mi hijo. Una de las dos únicas personas en el mundo a las que quiero… pero mis sentimientos son más intensos por Haidar.

La amargura estuvo a punto de abrumarlo. Pensaba haberse acostumbrado a que su madre no lo quisiera, pero tal vez no era así.

–Todos los padres tienen preferencias, yo solo soy sincera sobre las mías –añadió Sondoss.

Jalal miró a aquella mujer a la que quería a pesar de todo y se preguntó de dónde provenía esa emoción cuando debería haber muerto décadas antes.

–Tu obsesión por Haidar no es cariño, es un arma.

–¿Qué quieres decir?

–Estás dispuesta a destruir a todos por él, incluso a tu otro hijo.

Su madre suspiró.

–Es una cuestión de simple pragmatismo. Te quiero y sé que serás un buen príncipe heredero, el segundo en orden de sucesión al trono, pero Haidar, que tiene el rostro de Azmahar y el nombre de Zohayd, será el mejor rey.

–Solo quieres verlo en el trono. ¿Por qué intentas justificarlo? Quieres lo que quieres y tramas para conseguirlo sin importarte la devastación que causes. Esta es la razón por la que mi relación con Lujayn era un secreto porque temía tus manipulaciones, tus mentiras. Por tu culpa hemos perdido años... me he perdido diecinueve meses de la vida de mi hijo. Casi me has costado la felicidad, madre.

Sondoss hizo una mueca.

–¿Admites mi inteligencia y, al mismo tiempo, crees haber tenido algo con ella que no hubiera sido manipulado por mí? ¿Por qué no admites que entre vosotros nunca ha habido nada y rehaces tu vida? No serás el rey, pero sí el príncipe heredero, el segundo en orden de sucesión al trono.

–Hablas como si solo Haidar y yo fuésemos candidatos al trono. Te olvidas de Rashid.

–Vosotros sois los únicos candidatos que cuentan. Rashid Aal Munsoori está dañado. Nadie quiere que esa criatura inestable controle nada y menos un reino. Tiene tantas posibilidades como un iceberg en el desierto de Azmahar.

Jalal tuvo que reír.

–Lo tienes todo controlado, ¿verdad?

–Por supuesto. Como he dicho antes y lo diré de nuevo: algún día me darás las gracias. Todos lo haréis.

Jalal sacudió la cabeza, incapaz de entender la maldad de su madre.

Pasando a su lado, se colocó frente a Lujayn. Pero ella no levantó la mirada.

–El relato de mi madre explica de manera más clara todo lo que ocurrió entre nosotros.

Lujayn permaneció en silencio y Jalal se puso en cuclillas frente a ella, tomando su mano.

–Pero ella no contaba con una cosa: que aunque me trajese pruebas de que todo ha sido uno de sus complots, yo sé que lo que hay entre nosotros es y ha sido real. Tú… –Jalal se llevó su mano a los labios– eres mi única realidad, *ya rohi*. Adam y tú, no hay nada más.

Lujayn lo miró entonces y el brillo de angustia que vio en sus ojos le rompió el corazón.

–Ella podría permitir que Adam siguiera en tu vida, pero yo no.

–Los dos seguiréis en mi vida hasta el final.

Lujayn apartó su mano, temblando, las lágrimas rodando por su rostro.

–Hará lo que tenga que hacer para alejarme de ti. Cree que está haciéndote un favor… a todos, incluso a Adam.

–No podrá hacer nada. Yo te protegeré a ti y a tu familia. No dejaré que vuelva a hacerte daño.

–¿Crees que me importa que me haga daño a mí o mi familia? ¿Crees que podría hacer algo peor que alejarme de ti? A mi familia ya le ha hecho lo peor que podía hacerle.

–¿Entonces qué poder tiene sobre ti? ¿Adam?

–¡Tú! –gritó Lujayn–. Me dijo que te destruiría. Dijo que si la desafiaba y seguía adelante con la ceremonia, si te lo contaba, te destruiría para siempre. Y no era una amenaza, era una promesa. Y yo la crei, Jalal. Sigo creyéndolo. Vine aquí para intentar razonar con ella, pero no sirve de nada.

–¿La crees? –le preguntó su madre.

–Creería a Lujayn por encima de todo –respondió él.

–Eso demuestra que yo tenía razón. Ahora que de qué modo te ha hechizado, haré lo que tenga que hacer para evitar que ensucies el nombre de nuestra familia.

–¿Ensuciarlo?

–Si pudieras pensar con la cabeza te darías cuenta de que nadie en Azmahar la aceptaría como esposa del rey. Ni a ella ni a su familia, reinstaurada o no. Si crees que los prejuicios no existen, entonces no sabes nada sobre la gente a la que quieres gobernar. Nadie en Azmahar aceptaría la unión entre un hombre de pura sangre real con una fulana que posaba en bañador para que la viese todo el mundo, una viuda negra que, según vuestra historia, se casó contigo cuando aún estaba de luto por su marido. Todo el mundo sabrá que mantuvo relaciones sexuales ilícitas contigo durante ese tiempo para atraparte. Pero el problema eres tú. Eres peor que Haidar cuando se trata de entregar tu corazón y yo no voy a esperar que ella lo pulverice. Te destruiré antes de ver cómo te destruyes a ti mismo. Mi destrucción será quirúrgica y podré reconstruirte una vez que te hayas librado de su hechizo.

En esta ocasión, cuando miró a su madre, Jalal se preguntó si algún día podría entender a aquella mujer. Esa convicción de que estaba haciéndolo por su bien...

Sondoss se dio la vuelta para acercarse a la ventana.

–Es una simple ecuación, Jalal, yo tengo que ser tu cerebro ya que no piensas con lógica. Podría haber dejado que te casaras con ella, pero cuando descubrí que pensabas poner en sus manos el *essmuh*, que ibas a darle poder para divorciarse de ti y controlar tus posesiones, supe que no podía esperar. Puedes legitimar a su hijo, que lleva tu sangre, pero a ella y a su familia, nunca.

Jalal apretó la mano helada de Lujayn y se incorporó para enfrentarse con su madre.

–Esta es mi simple ecuacion, *ya ommi* –le dijo con una voz extrañamente serena. Sabía que aquel sería el último esfuerzo en lo que se refería a su madre. Si no respondía favorablemente, Sondoss habría muerto para él–. No puedo decir que no me quieras porque sé que, en tu retorcida mente, crees estar salvándome. Y también sé que no quieres perder a tu hijo, aunque no sea tu favorito y, además, le consideres un tonto. Sé que la sangre significa mucho para ti y no te arriesgarás a perder a las pocas personas a las que eres capaz de querer: a mí y a tu primer nieto. Y nos perderás si vuelves a hacerle daño a Lujayn. No es una amenaza, madre, es una promesa.

Sondoss lo miró en silencio durante lo que le pareció una eternidad. ¿Era asentimiento lo que veía en sus ojos? ¿Sorpresa? ¿Angustia? ¿O solo estaba viendo lo que quería ver?

Pero cuando habló, en su voz había trazas de todo eso, incluso de derrota.

–Me echo atrás. Pero lamentarás esta decisión.

–No lo creo.

–Reza para que no sea irreparable cuando lo hagas. Y prométeme que no serás tan tonto como para venir a pedirme ayuda entonces.

Qué sorpresa, la dragona estaba asustada. Había arriesgado mucho y había perdido.

Jalal hizo entonces algo que ni él mismo había esperado: la abrazó.

–Espero que algún día lamentes lo que has hecho. Espero que cambies y empieces otra vez. Piénsalo, madre. Tu familia crece y, en lugar de infrecuentes visitas de tus hijos, o tal vez ninguna visita, podrías bajar de tu pedestal e intentar encontrar un poco de felicidad.

Su madre permaneció inmóvil. Jalal sabía que sería demasiado esperar que le devolviese el abrazo y menos delante de Lujayn.

Esbozando una sonrisa, Sondoss se apartó para sentarse en el sofá con majestuosos movimientos.

–Ya que estás aquí, deberías desayunar. ¿Alguna preferencia?

–Pellízcame.

Jalal pellizcó inmediatamente el trasero de Lujayn y ella rio, aún mareada y nerviosa.

–Todo se ha solucionado.

–Aún no me lo puedo creer. Tu madre me chantajea para que te deje plantado y luego me sirve el desayuno ¿ha sido una alucinación?

Jalal sonrió, aliviado y feliz.

–Sea lo que sea, mi madre es sobre todo una mujer sorprendente.

–Dímelo a mí –Lujayn se derritió entre sus brazos en el jet privado que los llevaba de vuelta a Azmahar–. Dios mío, Jalal, era tan convincente que estuve a punto de creer su versión de lo que había habido entre nosotros. Pero tú me creíste a mí a pesar de todo.

–Te dije que no volvería a dudar de ti. Aunque quisiera no podría hacerlo.

Lujayn sonrió.

–Tal vez estés bajo un hechizo, como ella cree.

–Seguro que sí. Estoy hechizado por ti y quiero seguir estándolo siempre.

Lujayn cerró los ojos, emocionada. Pero los abrió de repente.

–¡Tu campaña! –exclamó–. ¿Crees que esto debilitará tu posición como candidato?

–¿Porque mi prometida me dejó plantado? No puedo decirte lo irrelevante que es eso para mí en este momento, pero creo que será al contrario. Especialmente entre las mujeres y los más jóvenes. Seremos una pareja aún más romántica y nuestro matrimonio se convertirá en una leyenda.

–Tú eres el mejor hombre de la Tierra –dijo Lujayn, buscando sus labios en un beso en el que puso todo su corazón–. Lucharía contra el demonio por ti, por nuestro futuro y el de nuestro hijo.

–Ya lo hiciste al ir a la guarida del dragón.

–Pero eres tú quien nos sacó de allí sanos y salvos.

–No, fuiste tú –dijo Jalal–. Mi madre ha visto por sí misma cuánto nos amamos, que confiamos el uno en el otro y eso es algo que no entraba en sus planes. Algo contra lo que no puede luchar, por eso ha tenido que rendirse.

–Pero el escándalo que hemos provocado… había invitados de toda la región. Nobles, miembros de la realeza, tu familia.

Jalal sonrió.

–Volveremos a reunirlos y lo haremos todo de nuevo esta misma noche.

–¿Esta noche?

–¿Por qué no? Nadie se ha ido de Azmahar y están esperando.

Lujayn enterró la cara en su pecho.

–No sé cómo voy a enfrentarme con ellos después de lo que ha pasado.

Él pasó una mano por su pelo.

–Cuando mi familia sepa lo que ha pasado te convertirás en una heroína para ellos. Los demás, ¿qué importan? Lo único que importa es que nos queremos, que nadie puede romper este amor. Ni la distancia, ni el tiempo. Estaré contigo durante el resto de mi vida.

–Yo también, Jalal –dijo ella, apretando su mano–. Mientras viva, seré tuya.

La apretó contra su corazón, susurrando sobre sus labios:

–*Ya hayati,* mientras vivamos seremos el uno del otro. Y yo diría que incluso más allá de la vida.

En el Deseo titulado
El destino del jeque,
de Olivia Gates,
podrás continuar la serie
CABALLEROS DEL DESIERTO

Una propuesta escandalosa
MAUREEN CHILD

Cuando Georgia Page aceptó la propuesta de Sean Connolly, sabía que era una locura. Pero creyó que iba a ser capaz de fingir ser la prometida del millonario irlandés por un tiempo, solo hasta que la madre de él recuperara la salud.

Esperaba poder mantener su corazón apartado de aquella aventura, por muy guapo y seductor que Sean fuera… y por muy bien que interpretara su papel. Le había parecido sencillo, hasta que sus besos y abrazos desembocaron en algo que ninguno de los dos había esperado. Algo que podía convertir su estrambótico trato en campanas de boda…

Enamorarse no era parte del trato

¡YA EN TU PUNTO DE VENTA!

Acepte 2 de nuestras mejores novelas de amor GRATIS

¡Y reciba un regalo sorpresa!

El harén del príncipe cuenta con una nueva odalisca...

El príncipe Rakhal Alzirz tenía tiempo para una nueva aventura en Londres antes de regresar a su reino del desierto y Natasha Winters había llamado su atención... Decidió aprovechar la oportunidad para descubrir si Natasha era tan salvaje en la cama como dejaba intuir el desafiante brillo de sus hipnóticos ojos. Sin embargo, su descuido podría tener consecuencias. Natasha podría haber quedado embarazada del heredero de Alzirz. Rakhal se la llevó a su reino del desierto para esperar a que se revelara la verdad. Si estaba embarazada, tendrían que casarse. Si no, tal vez podría hacerle sitio en su harén...

La joya de su harén

Carol Marinelli

Prohibido enamorarse

MICHELLE CELMER

Se suponía que solo debía disuadir a Vanessa Reynolds de seguir adelante con sus planes de convertirse en reina. Quizá aquella bella madre soltera pensaba que iba a casarse con el padre de Marcus Salvatora, pero el príncipe Marcus iba a hacer todo lo posible para evitarlo.

Sin embargo, en cuanto conoció mejor a la encantadora estadounidense y a su pequeña, Marcus se vio inmerso en un mar de dudas. Aquella mujer no era ninguna cazafortunas y empezaba a creer que su hija y ella podrían hacerlo feliz. Para ello debía impedir que se marchase de su lado, aunque eso supusiera poner en peligro la relación con su padre.

No podía amarla, pero tampoco podía dejar de hacerlo

[9]

¡YA EN TU PUNTO DE VENTA!